Chris Bradford
Der letzte Player

© privat

Chris Bradford war professioneller Musiker und trat sogar vor der englischen Königin auf, bevor er sich ganz dem Bücherschreiben widmete. Seine Bücher wurden in über zwanzig Sprachen übersetzt und vielfach ausgezeichnet. Chris Bradford lebt mit seiner Frau, seinen beiden Söhnen und zwei Katzen in England.

Dr. Karlheinz Dürr wurde 1947 in Lörrach/Baden geboren. Er war viele Jahre in der Europabildung tätig. Heute ist er Übersetzer aus dem Englischen bzw. Amerikanischen und schreibt Kurzgeschichten für Kinder und Jugendliche. Er hat drei Töchter und lebt in der Nähe von Tübingen.

Chris Bradford

Der letzte Player

Aus dem Englischen
von Karlheinz Dürr

dtv

Von Chris Bradford sind bei dtv außerdem lieferbar:
Das letzte Level (Band 1)
Cyborg – Der letzte Gegner (Band 3)

Deutsche Erstausgabe
7. Auflage 2024
2019 dtv Verlagsgesellschaft mbH & Co. KG
Tumblingerstraße 21, 80337 München
produktsicherheit@dtv.de
© 2018 Chris Bradford
Titel der englischen Originalausgabe: ›Virus‹,
2018 erschienen bei Barrington Stoke Ltd, Edinburgh
© für die deutschsprachige Ausgabe:
2019 dtv Verlagsgesellschaft mbH & Co. KG, München
Umschlaggestaltung: dtv unter Verwendung von Fotos von gettyimages
Gesetzt aus der Ocean Sans
Gesamtherstellung: Druckerei C.H.Beck, Nördlingen
Printed in Germany · ISBN 978-3-423-71846-2

Für Russell,
einen wahren Freund

VIRTUAL

So real, dass

Virtual Kombat ist realistischer als jedes andere Kampfspiel. Such dir einen Avatar aus und komm in die Arena – wo jeder Feind seinen eigenen Willen hat.
Bei jedem Kampf spürst du den *Thrill* – aber auch den Schmerz!

DER ULTIMATIVE PREIS!

Gewinne die VK-Krone und erhalte den Preis: 10 Millionen Kreditpunkte.
Und: Dein Name wird in die VK-Ruhmeshalle aufgenommen!

Hast du das Zeug zum Elite-Gamer?

KOMBAT

es schmerzt

**Halte Ausschau nach dem VK-Truck
in deinem Stadtbezirk!**

**Erobere einen der PlayPods im Truck und
stürze dich in das Spiel! Bist du geschickt genug,
um einen Platz in Vince Powers Trainingscenter
für Elite-Gamer zu gewinnen?
Dann beweise es!**

SCHAU DIR VK LIVE AN!

**VK – DIE NUMMER EINS DER
UNTERHALTUNGSSHOWS AUF DER WELT!**

Update
Version 1.1

Du bist ein neuer Spieler oder eine neue Spielerin oder hast dich seit einiger Zeit nicht mehr in Virtual Kombat eingeloggt? Dann bist du hier richtig. In diesem Update findest du die wichtigsten Infos über VK:

- Recht und Ordnung brachen zusammen und die Armee ergriff die Macht.

- Reisen wurden verboten; eine Ausgangssperre wurde verhängt.

- Die Erwachsenen trauten sich nicht mehr aus ihren Häusern und Wohnungen und flüchteten sich in ein Leben im Internet.

- Der Unternehmer Vince Power erfand das Computerspiel Virtual Kombat. Es wurde im August 2031 freigeschaltet und praktisch über Nacht ein Riesenerfolg.

- Angeblich war es dem Computerspiel zu verdanken, dass die Zahl der Gewaltverbrechen abnahm und Recht und Ordnung in den Megastädten auf der ganzen Welt wiederhergestellt werden konnten.

- Vince Power wurde zum Multimilliardär. 2032 gründete er ein Waisenhaus, das eigentlich ein Trainingscenter für VK-Elitespieler war.

- Der VK-Auswahl-Truck fuhr durch die Städte, testete Tausende Kinder und wählte die begabtesten als neue Elitespieler aus – und rettete sie damit vor dem Verhungern auf den Straßen.

- Scott war einer der Glücklichen, die als Elitespieler ausgewählt und ausgebildet wurden.

- Aber als Scotts Freundin Kate in der Kampfarena ums Leben kam, entdeckte Scott, dass VK mehr als nur ein Spiel war.

- Diese Entdeckung brachte Scott in Lebensgefahr: Er wusste zu viel. Jetzt blieb ihm nur noch eines übrig: die Flucht ...

Um noch besser über das informiert zu werden, was bisher geschah, solltest du *Das letzte Level* lesen, den ersten Band der Virtual-Kombat-Serie.

1
Wespen

Ich jage die grell erleuchtete Straße entlang. Meine nassen Schuhe klatschen auf dem Asphalt; mein Herz rast. Ich renne um mein Leben – mitten durch Pfützen von giftigem Regen, aber das ist mir egal: Ich bin schon bis auf die Haut durchnässt. Meine Flucht vor Vince Power hat mich zu einem verzweifelten Sprung vom Dach in den eiskalten Fluss getrieben.

Doch dann höre ich ein aggressives Surren: eine Angriffsdrohne verfolgt mich! Die gelb-schwarzen Drohnen sehen wie die Insekten aus und werden deshalb Wespen genannt. Ihnen kann man nicht entkommen. Mit ihren starken Rotoren und den Elektropfeilen sind sie erbarmungslose Jäger.

Gehetzt werfe ich mich nach links in eine Gasse. Stolpere fast über einen herumliegenden Müllsack, kann mich aber wieder fangen und rase weiter. Zwei Straßenkids starren mich mit offenen Mündern an. Sie hocken unter einer Plastikplane, ein armseliger Schutz gegen den prasselnden Regen. Die Wespe surrt an ihnen vorbei – ihr Pfeil ist nur auf ein einziges Ziel programmiert.

Auf mich: Scott.

»Stehen bleiben oder ich steche dich!«, echot die metallische Stimme der Wespe durch die enge Gasse.

Hastig werfe ich einen Blick über die Schulter; Panik packt mich. Der Stachel zielt unerbittlich auf mich; er ist geladen, sein rotes Kameraauge fixiert mich, aber ich rase weiter. Die Gasse mündet in eine vom Verkehr verstopfte Straße. Ich hechte über die Motorhaube eines Automatiktaxis. Der Passagier starrt mich wütend an, dann entdeckt er die Wespe und duckt sich tief auf seinen Sitz.

Die Wespe feuert ihren Stachel ab. Ich werfe mich zur Seite, kann gerade noch hinter dem Taxi in Deckung gehen. Der Elektropfeil surrt dicht an meinem Ohr vorbei und schlägt in einen 3D-Bildschirm hinter mir ein. Funken sprühen und der riesige Monitor explodiert. Ein greller Blitz blendet mich; die elektronische Werbung für Virtual Kombat bricht mittendrin ab:

»SO REAL, DASS ES SCHMERZT. DIE ULTIMATI…«

Ich schütze das Gesicht mit beiden Händen gegen den messerscharfen Scherbenregen, der vom Bildschirm herabprasselt. Schon werfe ich mich herum und rase in eine weitere schmale Gasse auf der anderen Straßenseite. Eine Biegung nach links. Dann nach rechts. Aber das Surren der Wespe kann ich nicht abschütteln. Und es kommt näher.

Ich muss ein Versteck finden! Und zwar schnell. Es war

reines Glück, dass mich der erste Pfeil nicht getroffen hat. Wespen verfehlen normalerweise niemals ihr Ziel. Dem nächsten Schuss werde ich sicherlich nicht mehr ausweichen können.

Doch meine Glückssträhne endet noch schneller, als ich erwartet hatte. Ich biege um eine Ecke und – komme abrupt zum Stillstand.

Sackgasse.

Zehn Meter vor mir ragt eine brüchige Backsteinmauer auf, zu hoch, um hinüberzuklettern. Auf beiden Seiten drängen sich hohe Gebäude, aber die Haustüren sind verschlossen und die Fenster mit Eisengittern gesichert. Mir bleibt nur ein einziger Fluchtweg: eine alte eiserne Feuerleiter, die sich wie eine verrostete tote Spinne an eine Hausmauer klammert. Ich springe hoch – aber erreiche die unterste Sprosse nicht.

Hätte ich doch nur die übernatürlichen Superkräfte meines Avatars! Hier in der realen Welt!

Die Wespe surrt um die Ecke und schwebt vor mir.

»Ergib dich!«, befiehlt mir die harte Blechstimme. Ihr Stachel zielt genau auf meine Brust.

Ich kann mich nicht ergeben. Die Menschen müssen die Wahrheit über Virtual Kombat erfahren. An mir liegt es, an mir allein, ihnen davon zu berichten. Ich bin die einzige Hoffnung für all die Elite-Gamer, die immer noch im Spiel gefangen sind.

Blitzschnell bücke ich mich nach einem Ziegelstein, der aus der Mauer gebrochen ist, und schleudere ihn auf die Wespe. Die Drohne weicht geschickt aus, aber damit hatte ich gerechnet und schleudere sofort einen zweiten Stein. Doch der fliegt hoch über die Wespe hinweg, die sich nicht einmal die Mühe macht, dem Wurf auszuweichen. Ich fluche laut; fast kann ich den Drohnenführer an seinem fernen Steuerpult über meine miserable Zielgenauigkeit hämisch lachen hören. Aber wer zuletzt lacht, lacht am besten!

Ich schleudere einen dritten Stein. Aber nicht auf die Drohne, sondern auf den Schnappriegel, der den unteren Teil der Feuerleiter nach oben geklappt hält. Die Leiter schwingt herab – und kracht von oben auf die Drohne. Sie stürzt in einer wilden Spirale auf den Asphalt, ihr aggressives Surren verstummt und das rote Kameraauge erlischt.

»Erwischt!«, brülle ich und boxe in die Luft.

Aber das triumphierende Grinsen verschwindet schlagartig aus meinem Gesicht, als drei weitere Wespen mit wütendem Surren in die Gasse rasen.

2
Nur ein Spiel

Ich hetze die Feuerleiter hinauf und schaffe es tatsächlich bis aufs Dach, wo ich von weiteren großen 3D-Bildschirmen begrüßt werde. Sie leuchten wie riesige Vollmonde vor dem grauen Smoghimmel, der die Stadt schier zu ersticken scheint. Von allen Monitoren strahlt Vince Powers sonnengebräuntes Gesicht, und sein silberweißes Haar glitzert wie frisch gefallener Schnee.

Die VK-Erkennungsmelodie mit Fanfaren, Hörnern und Trommelwirbeln ertönt, dann dröhnt Powers Stimme weit über die Straßenschluchten: »LEBT! KÄMPFT! TÖTET!« Es folgt der Werbeslogan in leuchtend roter Schrift – *Wo jeder Feind seinen eigenen Willen hat* – und der Kampf zwischen Goliath und dem Sensenmann wird gezeigt. Im neuesten Super-High-Definition-Standard hat man den Eindruck, als würden die Avatare wirklich kämpfen, atmen, schwitzen, bluten – gerade so, als wären sie lebendig.

Goliath schwingt einen mit Stahldornen gespickten stählernen Schlagstock durch die Luft und lässt ihn auf den Kopf des Gegners niedergehen. Doch der Sensenmann mit seinem aschgrauen Umhang verwandelt sich blitzschnell in eine Rauchsäule und der Schlag geht ins Leere. Schon erscheint der Sensenmann wieder: So schnell, dass man die Bewegung nur verschwommen sieht, schwingt er die lange, geschwungene Sense herab und teilt Goliath von oben bis unten in zwei Hälften. »KILLING STRIKE!«, brüllt der Kommentator überflüssigerweise.

Vince Powers Gesicht füllt wieder den Bildschirm. »Die virtuelle Welt von Virtual Kombat hat keine Grenzen. Ihr könnt tun, was ihr wollt.« Er lächelt; für einen Moment blitzen seine perfekten perlweißen Zähne auf. »Denn letzten Endes … ist es nur ein Spiel!«

Doch ich weiß, dass es keineswegs *nur* ein Spiel ist. Wer es spielt, stirbt.

Ich habe gesehen, wie die Gehirne junger Spieler ausbrannten und vernichtet wurden. Hinter jedem VK-Avatar in diesem Spiel steckt ein obdachloser Jugendlicher, der vom VK-Truck direkt auf der Straße angeworben wurde. Genau wie ich. Wenn ein Gamer in der virtuellen Kampfarena einen gegnerischen Avatar besiegt und tötet, stirbt dessen reale Person auch in Wirklichkeit. Für ein junges Gehirn ist der PlayPod einfach zu stark. Unser Hirn erleidet den sogenannten *Burn-out* – es brennt durch wie eine Sicherung.

Ich denke an meine Freundin Kate, die in meinen Armen starb, und mein Schmerz mischt sich mit Trauer und

Wut. Sie wurde im Spiel von meinem Erzfeind Shark getötet. Ich sehe sie noch deutlich vor mir, sehe, wie ihre strahlend blauen Augen wie welkende Kornblumen verblassen, und ich schwöre mir, dass ich die übrigen Elite-Gamer retten werde. Ich schwöre, Vince Power zur Rechenschaft zu ziehen, ihn vor Gericht zu bringen. Irgendwie muss ich Virtual Kombat vernichten. Das tödliche Spiel für alle Zeiten beenden.

Aber ich bin der einzige Mensch in der realen Welt, der Vince Powers dunkles Geheimnis kennt – dass die Kids in Virtual Kombat ausbrennen. Das ist der Grund, warum Vince Power mich jagt: Ich weiß zu viel. Deshalb will er mich haben, tot oder lebendig!

Das Surren der Wespen wird noch lauter – sie greifen an! Ich sprinte hinter einen der riesigen Bildschirme und entdecke dort eine Tür, die in das Gebäude führt. In Panik reiße ich am Griff, aber die Tür klemmt. Schon zoomt eine Wespe heran. Ich beiße die Zähne zusammen und zerre mit aller Kraft. Und tatsächlich öffnet sich die Tür zwei Handbreit, wobei die Scharniere protestierend quietschen. Hinter mir höre ich, wie der Stachel abgefeuert wird, und zwänge mich durch den Spalt. Der Elektropfeil prallt Funken sprühend am metallischen Türblatt ab. Ich ziehe die Tür zu und rase die Treppe hinab. Aber auf halber Strecke muss ich stehen bleiben, um wieder zu Atem zu kommen.

Die Wände sind von Graffiti übersät, im ganzen Treppenhaus stinkt es nach Urin und verrottenden Abfällen. An der Decke flackern uralte Neonleuchten. Auf diesem Stockwerk ist das Treppenhaus menschenleer, aber darüber wundere ich mich nicht. Nur wenige Menschen wagen sich aus ihren Wohnungen, aus Angst vor dem Killervirus von 2030. Lieber loggen sie sich in eine der virtuellen Welten ein, die im Netz angeboten werden, um nicht in Gefahr zu geraten, sich draußen anzustecken.

Und natürlich halten alle ihre Wohnungstüren fest verschlossen. Mir ist klar, dass ich mich hier nicht lange verstecken kann. Bestimmt schwirren draußen die Wespen um den Ausgang und warten, bis Vince Powers Analysten eintreffen, um mich gefangen zu nehmen. Deshalb laufe ich weiter hinunter bis zum Erdgeschoss und suche nach dem Notausgang an der Rückseite. Ich kicke die Tür auf und stürme hinaus … in einen alten, verdreckten Hinterhof mit zerfetzten Basketballnetzen an den Wänden. Die Metallringe der Körbe sind verbogen und verrostet – hier spielt schon seit Jahren niemand mehr. Aber der Hof ist nicht völlig leer.

»Na, schaut mal, welchen Dreck uns die Katze ins Haus schleppt!«, zischt eine bekannte Stimme verächtlich.

3
Cobra

Ich wirble herum und sehe mich einem schlaksigen Jungen mit fettigem schwarzem Haar und gebrochener Nase gegenüber. Hinter ihm lungern ein paar weitere Straßenkids herum.

»Cobra?« Ich schnappe verblüfft nach Luft. Er ist größer, als ich in Erinnerung habe. Als ich ihn zuletzt gesehen habe, hat er mich zusammen mit Shark über die Dächer gehetzt.

Cobra betrachtet lässig meinen patschnassen VK-Kampfanzug, auf dem in großen weißen Buchstaben mein Name SCOTT eingestickt ist. »Siehst aus wie eine ersäufte Ratte!«, ruft er höhnisch.

»Ich bin von einem Haus in den Fluss gesprungen«, erkläre ich.

Cobra schnaubt, als würde er mir nicht glauben. »Dachte, du wärst inzwischen längst mausetot. Shark hat geschworen, dich zu blazern. Hat den VK-Truck wochenlang verfolgt, bis er einen Platz in Powers Waisenhaus gewonnen hat.«

»Das ist kein Waisenhaus«, antworte ich. »Es ist prak-

21

tisch ein Schlachthof. Vince benutzt die Kids als Laborratten für sein VK-Spiel. Die PlayPods verbrennen uns die Gehirne! Aber ich hab's geschafft zu fliehen.«

Cobra lacht auf, aber es klingt kalt. »Was für ein Haufen Schwachsinn, Scott! Jede Wette, dass sie dich rausgeworfen haben, du warst einfach nicht gut genug. Hast versagt, aber vielleicht nützt mir das was …«

Cobra schnippt mit den Fingern und seine Gang umzingelt mich. Sie sind bewaffnet: Ein paar halten Stahlrohre in den Händen, die übrigen wirbeln drohend schwere Eisenketten durch die Luft.

»Wartet!«, rufe ich und hebe die Hände. Mir ist völlig klar, dass ich allein keine Chance habe, Vince Power zu besiegen. Ich brauche Mitkämpfer – selbst wenn ich mich mit meinen Feinden verbünden muss. »Hast du nicht kapiert, was ich gesagt habe? Im Virtual Kombat werden Leute *getötet*!«

Cobra schaut mich an, als sei ich dümmer als fünf Meter Waldweg. »Klar! Genau darum geht's doch bei dem Spiel!«

»Nein, in Wirklichkeit, Mann!«, brülle ich Cobra an. »Sie sterben real! Du musst es mir glauben!« Aber seine Gang rückt näher und ich überlege krampfhaft, was ich tun muss, um dieses Hohlhirn Cobra zu überzeugen. »Auch Shark ist in größter Gefahr!«

Cobra zögert und runzelt die Stirn, doch dann reckt er

die knochige Brust. »Mir doch egal! Jetzt bin *ich* hier der Anführer!«

Er zieht einen Blazer aus der Hosentasche und schaltet die Klinge ein. Sie pulsiert rot und gefährlich, und meine Hoffnung, Cobra überzeugen zu können, schwindet. Er richtet die Klingenspitze auf mich. »Mit dir, Scotty, hab ich noch eine Rechnung offen. Du bist schuld, dass mein Freund Grizzly sterben musste!«

Ich weiche zurück. »Ich hab ihn nicht getötet. Er ist gestürzt!«

»Nur wegen dir!« Cobra springt plötzlich vor, um mich zu blazern, aber im selben Moment füllt das schrille Schwirren der Angriffsdrohnen den Hinterhof. Cobra und seine Bande versteinern vor Schock, während sie den heranrasenden Drohnen entgegenstarren. Dann jagen sie wie aufgeschreckte Ratten in alle Richtungen davon.

Eine Wespe hat mich im Visier und feuert einen Pfeil ab – genau in dem Moment, als Cobra herumschnellt, um zu fliehen.

»Pass auf!«, brülle ich, aber meine Warnung kommt zu spät. Cobra jagt direkt in die Schusslinie; der Pfeil dringt ihm mitten in die Brust. Cobra bricht auf der Stelle zusammen und schlägt wild um sich, als die Stromstöße des Elektropfeils durch seinen Körper zucken.

Jetzt greifen mich alle drei Wespen gleichzeitig an. Aber ich bin bereits auf der Flucht, jage in die nächstbeste

Gasse und flehe zum Himmel, dass ich nicht so enden werde wie Cobra. In meiner Panik achte ich nicht auf den Weg. Ich stürze in einen offenen Gully und falle in den dunklen Kanalschacht hinunter. Benommen, erschöpft und wehrlos bleibe ich im stinkenden Schacht liegen, während oben die Wespen über dem Gully kreisen.

Dieses Mal gibt es kein Entkommen.

4
EMP

Die drei Wespen zielen mit ihren Stacheln auf mich. Ich spanne die Muskeln an, wappne mich für den unvermeidlichen, brennenden Schmerz … aber nichts geschieht. Das gereizte Sirren verstummt urplötzlich, die roten Kameraaugen blinken grell auf … und erlöschen. Wie tote Insekten fallen sie in den Schacht und krachen auf den Tunnelboden. Verwirrt und fassungslos starre ich die leblosen Maschinen an.

Und plötzlich tritt ein Mädchen aus dem Dunkel des Tunnels. Kurzes dunkles Haar, blasses Gesicht. Quer über die katzenartigen Augen zieht sich ein schwarzer Make-up-Streifen von einer Schläfe zur anderen. Sie hält ein Gerät in der Hand, das wie ein kleines Sturmgewehr ohne Lauf aussieht.

»EMP«, erklärt das Mädchen knapp und kickt eine der Wespen verächtlich aus dem Weg. Als sie meine verblüffte Miene sieht, deutet sie auf das Gewehr und fügt hinzu: »Das ist eine elektromagnetische Impulswaffe. Damit kann man Stromstöße abfeuern, die bei Wespen einen Kurzschluss verursachen. Aber nur für kurze Zeit.«

»Aha.« Ich rapple mich wieder auf die Füße und klopfe den Dreck von den Kleidern. »Danke, dass du mich gerettet hast.«

Meine Retterin wirft mir einen spöttischen Blick zu. »Wieso dich? *Dich* wollte ich gar nicht retten. Hab nur geschossen, weil ich Angst hatte, dass sie *mich* entdecken.« Sie bückt sich und hebt eine der Wespen vom Boden auf. »Und jetzt hilf mir, die Dinger zu zerstören, bevor sie sich wieder booten.«

Sie zertritt die Wespe und klettert flink wie ein Eichhörnchen durch den Gully auf die Straße. Ich zerstampfe die beiden anderen Wespen ebenfalls und klettere hinter ihr her. Als wir wieder auf der Straße stehen, schiebt sie den Kanaldeckel auf die Schachtöffnung. Sollen die drei Wespen doch dort unten verrosten.

Ich kann nicht anders. Ich muss das Mädchen fragen: »Was hattest du da unten im Kanal zu suchen?«

Sie blickt zur Seite und ignoriert meine Frage. »An deiner Stelle würde ich von hier verschwinden, und zwar schnell«, sagt sie und läuft die Gasse entlang. »Die Drohnenjungs werden bestimmt gleich ein paar neue Wespen auf dich hetzen.«

Ich renne ihr nach. »Wer bist du? Wie heißt du eigentlich?«

Sie läuft noch schneller.

»Und warum hast du es so eilig?«, will ich wissen.

Sie zieht die Kapuze über den Kopf und achtet nicht auf mich. Ich jogge neben ihr her, als sie um die Ecke in eine Nebenstraße einbiegt. »Die Wespen waren hinter mir her. Warum hätten sie sich für dich interessieren sollen?«, frage ich weiter.

»Verpiss dich endlich!«, faucht sie mich an und biegt abrupt in einen düsteren Durchgang ein.

Ich überlege kurz, ob ich sie einfach gehen lassen sollte. Aber obwohl sie sich superunfreundlich verhält, ist sie doch genau die Art Person, die die Wahrheit über VK erfahren sollte. Und wenn ich sie nicht vom tödlichen Geheimnis des »Spiels« überzeugen kann, will ich ihr wenigstens die EMP-Waffe abnehmen. Die Wespen werden mich weiter jagen, aber mit dieser Waffe könnte ich sie abschütteln. Deshalb renne ich ihr nach und packe sie am Arm. »Woher hast du die Waffe?«

Das Mädchen schüttelt meine Hand ab und schaut mich mit wutblitzenden Augen an. »Du stellst eine Menge Fragen, Wespenjunge!«

»Und ich will eine Menge Antworten haben!«, gebe ich scharf zurück. »Hör zu: Ich hab verdammt große Probleme und ich brauche wirklich eine von diesen EMP-Waffen.«

Die Fremde bleibt stehen und stützt die Hände in die Hüften. »Warum? Wozu?«

Wir starren einander an. Sie verhält sich seltsam und

verschlossen, aber ich habe keine andere Wahl: Ich muss ihr vertrauen. »Weil ich auf der Flucht bin. Vor Vince Power«, erkläre ich hastig. »Ich war einer seiner Elite-Gamer im VK. Aber dann fand ich heraus, dass er …«

»Du – ein Gamer?«, unterbricht sie mich. Ich nicke. Sie betrachtet mich mit misstrauisch zusammengekniffenen Augen. »Glaub ich nicht. *Niemand* kann aus dem Spiel entkommen.«

Ich zucke die Schultern. »Aber ich hab's geschafft.«

»Wirklich?« Sie kommt einen Schritt näher, studiert aufmerksam mein Gesicht, dann lässt sie den Blick über meinen VK-Kampfanzug gleiten. Und plötzlich spüre ich zwei Metallstifte, die mir in den Magen gerammt werden. Ein brutaler Stromstoß zuckt durch mein System. Mein Körper wird starr. Dann schlägt ein glühender Schmerz über mir zusammen und alles wird schwarz …

5
Laborratte

Ich komme in einem kleinen weißen, fensterlosen Raum wieder zu mir. Eine Zelle? Hände und Füße sind an ein einfaches Bettgestell aus Metall gefesselt. Ich bin allein. Ein Gefangener. Ein wütender Gefangener, ich könnte mich selbst in den Hintern treten: Das Mädchen hat mich verraten! Hat mich Vince Power ausgeliefert, wahrscheinlich gegen ein Kopfgeld. Ich hätte ihr nicht trauen dürfen!

Es nützt nichts, an den Fesseln zu zerren – sie geben nicht nach, ich kann mich nicht einmal aufsetzen. Und je mehr ich daran zerre, desto enger ziehen sie sich zu.

Ruhig bleiben, mahne ich mich. Mein Vater war Soldat in einer militärischen Spezialeinheit, bevor ihn das Virus aus dem Leben riss. Er hat mir beigebracht, wie man sich aus Handfesseln befreit. Der erste Schritt ist, die Muskeln vollständig zu entspannen.

Und tatsächlich fühlen die Fesseln sich ein klein wenig lockerer an, als ich zu zerren aufhöre. Wer immer mich festgesetzt hat, hatte keine Ahnung, wie man das richtig macht. Je mehr ich mich entspanne, desto lockerer werden sie – und schon nach ein paar Sekunden kann ich die

Hände aus den Schlingen ziehen und meine Fußfesseln lösen. Ich springe vom Bett.

Aber ich bin immer noch in der Zelle gefangen. Sie scheint keine Tür zu haben. Vorsichtig lasse ich die Finger über die glänzenden weißen Wände gleiten, die so glatt wie Glas sind. Dreimal suche ich die Wände ab, bis ich die äußerst feinen Linien einer Tür spüre. Aber natürlich lässt sie sich nicht öffnen: Es gibt weder einen Türgriff noch ein elektronisches Codeschloss.

Ich lasse mich wieder auf das Bett fallen. Ohne Fluchtweg bleibe ich gefangen. Ich muss abwarten, bis sich jemand blicken lässt. Bedrückt sinke ich auf die dünne Matratze – und erst jetzt spüre ich einen kühlen Luftstrom, der über meine Füße streicht, und sehe über mir ein Lüftungsgitter in der Decke. Schon springe ich auf, strecke mich, bekomme das Gitter zu fassen und reiße es aus den Halteklammern. Der Lüftungsschacht ist dunkel und eng, aber ich bin schmal genug, um hindurchzupassen. Ich ziehe mich hoch, winde mich durch die enge Öffnung und krieche in den Schacht. Weiter vorn kann ich einen schwachen Lichtschimmer ausmachen. Schließlich erreiche ich ein weiteres Gitter, stoße es auf und springe hinterher.

Ich lande in einem Flur. Türen reihen sich aneinander, alle mit Nummern gekennzeichnet. Und alle sind mit digitalen Codeschlössern gesichert. Niemand ist zu sehen.

Das macht mich unsicher und nervös, während ich weiterschleiche, von einem Flur in den nächsten, der sich rechtwinkelig an den ersten Flur anschließt. Dann ein weiterer Flur, und alle sehen genau gleich aus: weiß, kahl, leer. Schon nach kurzer Zeit komme ich mir wie eine Laborratte in einem Labyrinth vor.

Wieder biege ich um eine Ecke und entdecke ein Lüftungsgitter, das mitten im Flur liegt. Das Gitter, das ich hinausgestoßen hatte!

Ich bin im Viereck gelaufen!

Aber ich laufe trotzdem weiter. Was bleibt mir auch anderes übrig, als weiter verzweifelt nach einem Ausweg zu suchen? Und wieder ende ich an dem Gitter. Und auch der dritte Versuch bringt mich zum selben Punkt zurück. Es ist zum Verzweifeln. Frustriert kicke ich gegen das Gitter. Dieses Gebäude ist kein Labyrinth, sondern eine Art Endlosschleife!

Wütend blicke ich an den Reihen verschlossener Türen entlang. Wie soll ich hier jemals herauskommen?

Erst jetzt betrachte ich die Zimmernummern genauer. Rechts zähle ich 1 ... 4 ... 6 ...

Und links: 2 ... 3 ... 5 ...

Die Anordnung kommt mir seltsam vor. Gerade und ungerade Zahlen sind vermischt. Ich laufe weiter zur nächsten Biegung des Flurs: 7 ... 11 ... 13 ... lauten die Nummern auf einer Seite, 8 ... 9 ... 10 ... auf der anderen.

Das ergibt keinerlei Sinn. Die Zahlenfolgen kommen mir völlig unlogisch vor. Logisch wäre gewesen, wenn sich die geraden Zahlen auf der einen und die ungeraden auf der anderen Seite befunden hätten. Doch dann erinnere ich mich dunkel an eine Mathestunde aus meiner fernen Kindheit, bevor das Virus die ganze Welt auf den Kopf gestellt hat und wir Straßenkids in keine Schule mehr gehen durften. Damals hat uns ein Lehrer etwas über solche anscheinend willkürlichen Zahlenreihen erzählt. Wie war das … wie hatte er sie genannt?

Primitive Zahlen? Nein … Primäre … Nein, Prim, das war es: Primzahlen! Zahlen, die nur durch sich selbst teilbar sind. Und durch 1.

Und 2, 3, 5, 7, 11 und 13 sind alle nur durch sich selbst und durch 1 teilbar – sie müssen also solche Primzahlen sein!

Die Entdeckung macht mich richtig aufgeregt; ich gehe der neuen Spur nach. Mein Verstand arbeitet sozusagen im *Overdrive*, während ich versuche, nacheinander die Primzahlen unter den Zimmernummern herauszufinden: 13 … 17 … 19 … 23 … 29 …

Bis ich schließlich auf eine Tür stoße, auf der *keine* Nummer steht. Nichts. Nada. Nur ein Tastenfeld. Fieberhaft überlege ich: Was ist die nächste Primzahl nach 29 – 30? Nein. 31? Ja! Mit zitternden Fingern tippe ich 31 ein. Und tatsächlich: Ein leises *Klick!* ist zu hören, dann springt die Tür auf. Vorsichtig stoße ich sie weiter auf und werfe einen Blick auf das, was hinter der Tür ist. Sie führt auf einen betonierten Hof. Begeistert mache ich den ersten Schritt in die Freiheit hinaus. Und trete prompt auf einen Lasersensor. Eine Alarmsirene heult auf. Der Lärm trifft mich wie ein Tiefschlag in die Magengrube.

6
Notausgang

Drei Sicherheitsleute stürmen in den Hof. Ich wirble herum, will fliehen … und muss entdecken, dass die Tür hinter mir zugefallen ist. Und erst jetzt wird mir klar, dass der Hof ein Innenhof ist: Auf allen vier Seiten ragt das Gebäude in den Himmel. Doch hinter den drei Wärtern entdecke ich ein grün leuchtendes Notausgang-Zeichen.

Es scheint mein einziger Fluchtweg zu sein. Aber um zum Ausgang zu kommen, muss ich erst mal die drei Wärter ausschalten.

Schon stürmt der erste mit erhobenem Schlagstock heran. Ich blockiere den Schlag und ramme ihm die Faust hart in die Magengrube. Er knickt zusammen und nach einem brutalen Ellbogenstoß gegen die Schläfe geht er vollends zu Boden.

Der zweite fackelt nicht lange und greift hart an. Ich kann mich mit einem Sprung zur Seite retten und setze mit einem Roundhouse-Kick in den Unterleib nach. Doch dieser Bursche ist kräftiger gebaut; er steckt den Tritt weg. Seine Faust schnellt wie ein Hammer hervor und zielt auf meinen Kopf. Doch mein Überlebensinstinkt hat die Kontrolle übernommen: Ich tauche unter dem Schlag weg und setze mit einem Schwinger nach, sofort gefolgt von einem blitzschnellen Aufwärtshaken. Und beide Schläge sind Volltreffer. Der Wärter taumelt zurück und ich schalte ihn mit einem Axe-Kick direkt auf die Nase aus.

Mein Vater hatte einen Schwarzen Gürtel in Taekwondo; er hat mir den Kampfsport beigebracht. Doch ich bin selbst verblüfft, wie gut ich die Techniken noch immer beherrsche. Im Moment fühle ich mich fast so kampfstark wie mein VK-Avatar.

Der dritte Wärter ist nicht nur größer und stärker als die beiden anderen – er ist jetzt auch vorgewarnt. Deshalb stürmt er nicht kopflos heran, sondern wartet darauf, dass ich ihn angreife.

Aber die schnellen Siege über seine beiden Kollegen haben mein Selbstvertrauen gestärkt. Ich greife ihn mit einem Side-Kick an, gefolgt von einem Back-Kick. Aber er wehrt beide Kicks ab wie lästige Fliegen und antwortet mit einem derart mächtigen Front-Kick, dass ich mehrere Meter weit über den Hof geschleudert werde. Ich komme zwar sofort wieder auf die Füße, aber ein irrer Schmerz zuckt durch meine Brust. Der Wärter greift sofort wieder an. Wir tauschen ein paar harte Faustschläge, doch dann erwischt er mich mit einem Aufwärtshaken am Kinn. Sterne sprühen vor meinen Augen; ich taumle zurück.

»Mehr hast du nicht zu bieten, Zwerg?«, grunzt der Muskelprotz.

Das macht mich nun richtig wütend, deshalb stürme ich los und schnelle durch die Luft, wobei ich mich mitten im Sprung herumwerfe und ihn mit einem Spinning-Hook-Kick direkt am Kopf erwische. Mein Absatz kracht gegen seine Schläfe. Er stürzt um wie ein gefällter Baum.

Ich bin fast so verblüfft wie der Wärter: Woher kommt meine unglaubliche Kraft? Aber zum Jubeln bleibt mir keine Zeit. Hinter mir fliegt krachend eine der Türen auf und ein Trupp Sicherheitsleute stürmt in den Hof. Ich sprinte zu der Tür mit dem grünen Fluchtwegzeichen und reiße sie auf: Sie führt in ein Treppenhaus. Ich rase ein paar Stockwerke hinauf. Von weiter unten höre ich die schweren Kampfstiefel meiner Verfolger auf der Treppe; das ganze Treppenhaus erbebt unter ihrem Getrampel. Die Treppe scheint kein Ende zu nehmen, doch schließlich endet sie an einer weiteren Tür. Außer Atem reiße ich sie auf und stürme auf ein Flachdach hinaus.

Mit einem kurzen Sprint erreiche ich die Dachkante und spähe hinunter: Die Straße liegt gut 20 Stockwerke unter mir. Verzweiflung packt mich, als ich mich nach einem anderen Fluchtweg umblicke. Das Nachbargebäude ist nicht sehr weit entfernt; sein Flachdach liegt ein wenig tiefer. Aber selbst für mich ist der Sprung zu weit – fast zehn Meter! Unmöglich!

Ein Trupp von Wärtern schwärmt über das Dach aus, um mich zu umzingeln, die Schlagstöcke zum Angriff erhoben. Ich drehe mich um und stelle mich ihnen entgegen. Sofort wird mir klar, dass ich keine Chance habe: Ich kann es nicht mit allen gleichzeitig aufnehmen. Ich kann mich gefangen nehmen lassen … oder das Unmögliche versuchen – und sterben.

Ich nehme Anlauf, jage auf die Dachkante zu und stoße mich mit einem gewaltigen Satz ab. Mit wild rudernden Armen und Beinen versuche ich verzweifelt, mich noch ein paar Zentimeter weiter zu treiben, um den gewaltigen Abgrund zu überwinden. Das gegenüberliegende Dach scheint auf mich zuzufliegen … und blanke Todesangst packt mich, als mir klar wird, dass ich es nicht schaffen werde.

7
Der Test

Unglaublich starke Schmerzen jagen in Wellen durch meinen Körper; Arme und Beine fühlen sich an wie zersplittertes Glas. Ich schmecke Blut im Mund.

Aber ich bin nicht tot. Tatsächlich wird mir allmählich bewusst, dass ich keinen einzigen Knochen gebrochen habe.

Mühsam öffne ich die Augen. Drei junge Gesichter starren auf mich herab: zwei Jungen und das Mädchen mit dem schwarzen Make-up-Streifen über den Augen. Das Mädchen, das mich mit dem Elektroschocker ausgeschaltet hat.

»Er ist tatsächlich ein Elite-Gamer!«, ruft der kleinere der Jungen. Er ist fast noch ein Kind, mit dicken Wangen, Brille und einem wirren, blonden Haarschopf. »Genau so einen brauchen wir. Jetzt kann uns nichts mehr aufhalten, nicht mal der Sensenmann …«

»Halt die Klappe, Spam!«, blafft ihn das Mädchen an. »Wir wissen nichts über den Typen hier. Außer dass er sich nach dem Tod sehnt.«

»Sei nicht so hart mit ihm«, sagt der andere Junge. Er

ist groß und kräftig und trägt ein ausgebleichtes T-Shirt mit einem gelben Pac-Man-Logo auf der Brust, das sich über den muskulösen Brustkorb und den Bizeps spannt. »Niemand ist im Test jemals so weit gekommen, nicht mal du, Java.«

Das Mädchen, Java, wirft dem Jungen einen giftigen Blick zu. »Er hat versagt. Er ist *gestorben*, Mann! Der nützt uns nichts.«

Jemand hüstelt leise und alle drehen sich zu einem schlanken, dunkelhäutigen Mädchen um. Dunkelbraune Locken fallen ihr über die Augen. Sie sitzt vor einer der Analystenkonsolen. »Ihr solltet euch erst mal seine synaptischen Messdaten anschauen«, schlägt das Mädchen vor.

Alle versammeln sich um den Kontrollmonitor. Mir ist inzwischen klar geworden, wo ich mich befinde: Ich liege in einem selbst gebauten PlayPod. Der ist nicht mit den durchgestylten Einheiten von Vince Power zu vergleichen. Er ist auf die absolut wichtigen Bauteile beschränkt. Überall liegen Schaltkreise, Platinen, Ersatzteile und Metallabfälle herum, sodass der Raum wie eine Computerreparaturwerkstatt aussieht. An der Zentralkonsole sind noch drei weitere PlayPods angeschlossen, in denen jedoch niemand sitzt.

Ich schiebe die Kapuze mit dem Headset vom Kopf und sofort flauen die pochenden Schmerzen in meinem Körper ab. Erst jetzt wird mir klar, dass meine Gefangennahme und meine Flucht nicht in der Realwelt stattgefunden haben. Mein Sturz vom Dach war nichts als programmierte Illusion. Und meine Schmerzen wurden vom Computer verursacht.

Ich war in eine virtuelle Arena eingeloggt!

Auf dem Konsolenmonitor leuchten die Daten meines Kampfs gegen die Wärter auf.

Das Mädchen an der Konsole studiert die Daten auf dem Monitor. »Seine Reaktionszeit ist unter 50 Millisekunden«, erklärt sie sachlich. »Das heißt, er ist sogar volle zehn Millisekunden schneller als Pac-Man hier.« Sie deutet mit einer Kopfbewegung auf den kräftigen Jungen, dann schaut sie mich an und fügt hinzu: »Unser neuer Freund hat nicht mal eine Minute gebraucht, um die Sache mit den Handfesseln herauszufinden – er hat erkannt, dass sie sich umso enger zusammenziehen, je mehr er gegen die Fesseln ankämpft. Er hat den einzigen Weg aus dem Weißen Raum entdeckt. Und dann hat er auch noch die richtige Primzahl herausgefunden und damit den Fluchtweg aus dem Labyrinth.«

Auf meinem Gesicht breitet sich ein Grinsen aus. Das waren Tests, und ich habe sie alle bestanden! Aber wofür?

»Hör schon auf, Cookie! Sonst bildet er sich ein, er sei Supermann«, sagt Java warnend. »Und vergiss nicht, er hat den Alarmsensor ausgelöst.«

Cookie zuckt die Schultern und dreht sich zu uns um. »Den Sensor hab ich so programmiert, dass er auf jeden Fall losgeht – um direkt im Anschluss die Kampffähigkeit des Gamers zu testen.«

»Genau – und er hat die Wärter ausgeschaltet!«, wirft Spam ein. Er boxt in die Luft, während er auf dem Monitor verfolgt, wie mein Avatar den letzten Wärter, den Muskelprotz, zu Boden schickt. »Schaut euch nur mal diesen Spinning-Hook-Kick an!«

»Ja, der war cool«, nickt Pac-Man und zwinkert mir zu. »Den musst du mir unbedingt beibringen, Scott.«

»Äh … ja, klar, mach ich …«, stottere ich. »Aber ich verstehe nicht ganz, was hier eigentlich los …«

»Kapiert ihr nicht, was ich euch sage?«, faucht Java. »Dieser Typ hier hat totale Todessehnsucht! Der ist vom Dach gesprungen! Auf so einen können wir uns nicht verlassen!«

»Entschuldigung!«, mische ich mich wütend ein. »Ich will jetzt endlich wissen, worum es hier geht!« Aber sie streiten sich einfach weiter.

»Er hat sich genau überlegt, was er macht«, sagt Cookie, hebt die Augenbrauen und schaut die anderen spöttisch an. »Hat einer von euch schon mal den Sprung versucht?«

Java verschränkt trotzig die Arme. »Natürlich nicht! Weil er total unmöglich ist!«

»In Virtual Kombat ist nichts unmöglich«, sagt eine Stimme hinter mir. Sie klingt so weich wie Samt.

Ich schnelle herum, zu Tode erschrocken. Ein paar Meter entfernt sitzt ein Mann mit silbernem Haar und blendend weißem Lächeln: Vince Power.

8
Die Hacker

Schnell bücke ich mich nach einem der Metallrohrstücke, die auf dem Boden herumliegen, und schwinge es drohend herum, um Vince Power und die anderen abzuwehren.

»Leg das Rohr weg, Scott«, befiehlt Vince gelassen.

Aber ich packe die Waffe nur noch fester. »Ich spiele Ihre Spielchen nicht mehr mit, Vince!«

Der Mann lässt ein hohles, verächtliches Schnauben hören. »Vince? Ich bin nicht Vince.«

Ich starre ihn misstrauisch an. »Nein? Wer sind Sie dann?«

»Sein Bruder. Oder genauer: sein Zwillingsbruder.«

»Sein Bruder?« Ich spüre, dass mir vor Schock und Erschöpfung die Knie weich werden.

»Mein Name ist Pentium«, fährt der Mann fort. Er gleitet mit leisem Summen näher, in einem Elektro-Rollstuhl. »Und wenn ich deine Reaktion bei meinem Anblick richtig deute, musst du Vince fast so sehr hassen wie ich.«

Jetzt, im Licht und aus der Nähe, sehe ich, dass sein Gesicht blass und faltig ist. Er sieht Vince zwar sehr ähnlich, hat aber nicht dessen sonnengebräunte, glatte Haut. Ich senke das Rohr. Pentium deutet zur Tür. »Kommt, essen wir erst mal was. Dann erkläre ich dir alles.«

Zögernd folge ich Pentium und den anderen durch einen tunnelähnlichen Flur in einen düsteren Vorraum. An den Wänden stehen alte Fahrscheinautomaten, und ein paar abgeschaltete Rolltreppen führen nach unten in die Dunkelheit.

»Wo sind wir?«, frage ich.

»In einer stillgelegten U-Bahn-Station«, erklärt Spam fröhlich. »Das perfekte Versteck. Hier kann uns keine Wespe aufspüren. Dabei sind wir direkt unter …« Aber Spam bricht ab, als ihm Java einen warnenden Blick zuwirft.

Wir gehen durch eine Tür, auf der »Kein Zutritt für Unbefugte« steht. Dahinter befindet sich eine kleine Kantine mit einem funktionierenden Essensautomaten. Ich bestelle Hähnchen mit Nudeln und setze mich zu den anderen an einen der Tische. Mein Hunger ist stärker als meine Neugier, deshalb schlinge ich zuerst das Essen hinunter. Erst dann fange ich an, meine Fragen zu stellen.

»Also, Leute: Wer seid ihr?«

»Wir sind die VKR – die Virtual Kombat Rebellion«, antwortet Spam stolz.

Ich runzle die Stirn. »Hab noch nie was von euch gehört.«

»Gut«, sagt Java in eiskaltem Ton. »Und so soll es auch bleiben.«

Ich schaue sie misstrauisch an. »Warum? Was habt ihr vor?«

»Ich muss dir zuerst einmal die Hintergründe erklären, Scott«, mischt sich nun Pentium ein und rollt zum Kopfende des Tisches. »Die Welt mag glauben, dass Virtual Kombat von Vince Power erfunden und geschaffen wurde, aber so ist es nicht. In Wirklichkeit habe *ich* das ganze Spiel programmiert.«

Ich blinzle ihn geschockt an. In jedem Werbespot, in allen Nachrichtensendungen, wo auch immer über VK berichtet wurde, überall hieß es, dass Vince Power das Spiel ganz allein geschaffen habe.

»Ich konnte schon immer besser mit Computern umgehen«, fährt er fort. »Dafür hatte mein Bruder mehr Kreativität, Charisma, Verkaufstalent – also alles, was man braucht, um eine gute Idee zu einem weltweiten Verkaufsschlager zu machen. Wir waren ein super Team und am Anfang war Virtual Kombat eine sehr gute Sache. Genau so ein Spiel brauchten die Menschen, um sich von der tödlichen Gefahr draußen abzulenken und für eine Weile aus dem Schrecken der realen Welt fliehen zu können.«

Pentium nimmt einen Schluck Vita-Shake, aber seine Hand zittert vor Anstrengung, als er den Becher zum Mund führt.

»Ja, eine gute Sache – bis Vince alles einen Schritt zu weit trieb«, sagt Pentium. »Irgendwann fiel ihm auf, dass das Spiel immer gewalttätiger wurde, je mehr Spieler daran teilnahmen. Die Leute mochten das und wir verdienten immer mehr Geld damit. Und Vince wollte nicht mehr damit aufhören – nicht einmal, als wir entdeckten, dass die Hoodies im Gehirn der Kids einen Burn-out verursachen konnten. Nein, er *verkaufte* die Idee an die Meistbietenden! ›Kill for Real‹, war jetzt sein Slogan. Töten, aber in echt! Mord ohne Strafe!«

Mir hat es fast die Sprache verschlagen. »*Ihr … ihr wisst es also auch?*«, stoße ich hervor. »Dass er damit unschuldige Kids tötet?«

Pentium und die anderen nicken ernst.

»Für mich war damit der Punkt gekommen, den Stecker zu ziehen«, fährt Pentium fort. »Ich wollte VK abschalten, aber Vince war absolut dagegen. Wir verdienten einfach zu viel Geld damit. Und inzwischen hatten wir auch zu viel Macht. Deshalb hat er mich gegen meinen Willen in das Spiel eingeloggt. Er setzte sogar eine hohe Belohnung für den Gamer aus, der meinen Avatar tötete! Vince sabotierte mein Hoodie und deaktivierte die ESCAPE-Funktion, um ganz sicherzugehen, dass ich nicht mehr lebend herauskam. Aber er wusste nicht, dass ich dem Spiel ein paar Hintertüren als Notausgänge einprogrammiert hatte.«

Unwillkürlich muss ich grinsen, als ich das höre. »Ich weiß, ich hab eine benutzt, um aus VK zu fliehen.«

»Sehr gut – ich bin froh, dass du unverletzt herausgekommen bist«, nickt Pentium. »Ich selbst hätte es beinahe nicht geschafft. Ich war dem Tod nahe – mein Energie-Level zeigte nur noch 2 %, als ich die Tür erreichte. Ein Wunder, dass ich keinen totalen Burn-out hatte. Aber ich lag monatelang im Koma, und als ich aufwachte, musste ich entdecken, dass ich von der Hüfte abwärts gelähmt war.« Pentium klopft leicht auf die Rollstuhllehne und seufzt tief. »Vince ließ mich in einem Hochsicherheits-Hospital wegsperren. Er besuchte mich nie und ist bis heute völlig überzeugt, dass ich noch dort bin.«

Ich starre Pentium an, dann auch die anderen seines Teams. Plötzlich verspüre ich eine Mischung aus Erleichterung und Hoffnung in mir aufsteigen. Erleichterung, dass ich nicht der Einzige bin, der das dunkle Geheimnis von Virtual Kombat kennt. Und Hoffnung, dass ich bei diesen Leuten die Verbündeten finden werde, die ich so dringend brauche. »Und welches Ziel hat die VK-Rebellion?«

Ein schlaues Grinsen breitet sich auf Pentiums Gesicht aus. »VK abzuschalten. Für immer. Und deshalb frage ich dich: Willst du dich unserem Kampf anschließen?«

Das muss er mich nicht zweimal fragen. Ich nicke lächelnd. »Genau das ist auch mein Plan. Ich bin dabei.«

9
Der Plan

Gähnend betrete ich am nächsten Morgen zusammen mit Spam den Konsolenraum. Gestern nach dem Abendessen hatte ich mich im Schlafsaal – einer Reihe einfacher Stockbetten in einem alten Lagerraum – auf ein freies Bett geworfen, so müde, dass ich auf der Stelle eingeschlafen war. Ohne auch nur die Schuhe auszuziehen!

Jetzt blicke ich mich um. Cookie sitzt bereits an einer Konsole, in ihre Programmierarbeit vertieft. Pac-Man bereitet die PlayPods vor und Java sitzt mit Pentium in einer Ecke; sie reden im Flüsterton miteinander. Nur fünf Leute außer mir.

»Sind das hier *alle* VK-Rebellen?«, frage ich entgeistert.

»Na ja … es gab noch ein paar mehr«, gibt Spam zu. Er rückt die Brille zurecht und lächelt mich traurig an. »Aber das Spiel hat ein paar Opfer gekostet.«

Plötzlich bin ich nicht mehr so sicher, ob es die richtige Entscheidung gewesen ist, mich der Virtual-Kombat-Rebellion anzuschließen. Mit so wenigen Verbündeten ist die Aufgabe, den allmächtigen Vince Power zu besiegen und VK zu vernichten, ziemlich aussichtslos.

»Bist du sicher, dass wir ihn aufnehmen sollten?«, zischt Java Pentium zu, laut genug, dass ich es höre.

»Wir brauchen einen Elite-Gamer, der auch mal ein Risiko eingeht«, antwortet Pentium.

»Ja, aber nicht auf unsere Kosten!«, widerspricht Java heftig.

»Du selbst hast ihn angeschleppt!«

»War ein Fehler!«, gibt sie scharf zurück.

»Hast du denn nicht …«, fängt Pentium an, doch dann sieht er mich in der Nähe stehen und lächelt. »Ah, Scott!«

Java schnaubt verächtlich und stolziert zu den Play-Pods hinüber.

»Was hat sie gegen mich?«, frage ich.

Pentium seufzt und erklärt: »Java sorgt sich ständig um ihr Team. VK hat ihr schon die Schwester genommen.«

»Oh … das tut mir leid.« Da ich meine beste Freundin an das Spiel verloren habe, kann ich gut verstehen, wie wütend und aufgewühlt Java sich fühlen muss.

»Sie weiß, dass ein einziger Fehler zum Tod führen kann«, fährt Pentium fort. »Aber wir müssen unsere Sache vorantreiben, wenn wir mit unserem Plan Erfolg haben wollen.«

»Welchen Plan haben wir denn?«, frage ich.

Pentium lenkt den Rollstuhl zur Konsole hinüber. »Das kann dir Cookie besser erklären als ich.«

Cookie speichert noch schnell Pac-Mans Mods auf dessen Avatar ab, dann dreht sie den Kontrollsessel zu mir herum. »Theoretisch ist die Sache ziemlich einfach. Mit dieser Konsole hier hacken wir uns in das VK-Spiel und schleusen dich mit dem Team in die virtuelle Arena. Sobald ihr drin seid, installiert ihr ein Virus, das VK vernichten wird.«

Ich runzle die Stirn. »Wenn du das Spiel hacken kannst, dann kannst du dabei doch auch gleich das Virus freisetzen? Warum sollen wir unser Leben im VK riskieren, wenn es auch einfacher geht?«

»Das Programm ist natürlich besonders gut gesichert«, erklärt Cookie. »Es wird durch mehrere Firewalls geschützt. Die würden das Virus sofort entdecken und vernichten, bevor es auch nur in die Nähe des Kernprogramms kommt. Aber sobald wir das Virus dem Spiel eingepflanzt haben, verhält es sich wie eine Krebszelle im menschlichen Körper: Es vervielfältigt sich und breitet sich immer weiter aus. Nichts kann es dann noch aufhalten.«

»Und wo genau müssen wir das Virus installieren?«, will ich wissen.

»In der Krone.«

»Ich weiß, wo die Krone ist«, rufe ich aus. »Ich habe sie gesehen, in der Zitadelle!«

Cookie schüttelt den Kopf. »Das ist nicht die *echte* VK-Krone. Das war ein Fake – eine Täuschung. Die Krone ist die höchste Ebene von VK – das Letzte Level. Wer es bis dort hinaufschafft, hat die Kontrolle über das gesamte Spiel.«

Java dreht sich auf ihrem PlayPod zu uns um. »Auf diesem Letzten Level«, wirft sie ein, »befindet sich das virtuelle Terminal. Das ist der Zugang zum Kernprogramm des Spiels. Und in diesem Kern müssen wir das Virus installieren. Dann … WUMM!« Mit boshaftem Grinsen öffnet sie blitzschnell beide Fäuste, um die Explosion anzudeuten. »Und alles ist vorbei.«

»Klingt einfach«, meine ich.

»Ist es aber wirklich nicht«, schnaubt Pac-Man und steigt in seinen PlayPod. »Wir sind immer noch drei Levels davon entfernt. Und außerdem müssen wir erst mal am Sensenmann vorbeikommen.«

»Jep«, nickt Spam. Er sieht plötzlich blass aus, als er in seinem Sitz die Gurte umlegt. »Der Sensenmann ist unbesiegbar. Wir haben es schon fünfmal versucht, und jedes Mal hätte er uns beinahe getötet!«

»Können wir nicht ein Level überspringen?«, frage ich. »Um dem Sensenmann aus dem Weg zu gehen?« Ich drehe mich zu Pentium um. »Sie kennen doch bestimmt ein paar Tricks oder eine Abkürzung?«

Pentium schüttelt den Kopf. »Ich habe zwar VK selbst programmiert, aber Vince hat das Spiel inzwischen von seinen Analysten gründlich überarbeiten lassen. Sie ha-

ben viele Elemente verändert, um das Spiel anspruchs-
voller, schwieriger und profitabler zu machen. Außerdem
musste ich das virtuelle Terminal so tief im Spiel ver-
graben, dass es meinem Bruder nicht auffallen würde.
Nein – ich fürchte, der einzige Weg ist, das Spiel nach den
Regeln weiterzuspielen.«

Java springt in ihren PlayPod. »Also, worauf wartest du
noch, Wespenjunge?«

Aber ich zögere. »Werden es die Analysten nicht bemerken, dass wir uns in das Spiel gehackt haben?«

Cookie beißt sich auf die Unterlippe. »Sollten sie eigentlich nicht merken. Wir benutzen die Avatare von toten
Gamern. Und wir sind ja auch nur vier Spieler unter vie-
len Millionen, gut möglich, dass wir gar nicht auf ihrem
Schirm auftauchen. Na ja, jedenfalls war es bisher so.«

Ich verdränge meine Nervosität, steige in den leeren
PlayPod und schnalle mich an.

Cookie führt noch einen letzten Systemcheck durch,
dann sagt sie: »Es gelten dieselben Regeln, die du schon
kennst. Auch das Burn-out-Risiko ist dasselbe. Wenn du
im Game stirbst, stirbst du auch in Wirklichkeit. Und weil
wir uns in das Spiel hacken, gibt es keinen ESCAPE-Schal-
ter. Aber Pentiums Hinterausgänge sind immer noch da –
und sie sind eure *einzige* Möglichkeit hinauszukommen.«

»Großartig«, sage ich mit gezwungenem Lächeln. »Sonst
noch was, das ich wissen sollte?«

Während sich der silberne Helm des Hoodie bereits über meinen Kopf senkt, fügt Cookie hinzu: »Ja, da ist noch eine Kleinigkeit: Die Sache läuft über WLAN. Wenn die Drahtlosverbindung abreißt, kommst du nicht mehr aus dem Spiel heraus. Nie mehr.«

»*Was?*«, schreie ich entsetzt. Aber es ist schon zu spät. Ich bin bereits eingeloggt.

10
Der Sensenmann

Vor mir ragt ein Berg auf, so hoch, dass ich den Gipfel nicht sehen kann. Ein Wasserfall rauscht an einer Seite in einen See hinunter. Am Fuß des Bergs befindet sich eine Höhle; der Eingang ist so zerklüftet und scharfzackig wie das Maul eines Krokodils. Wieder einmal versetzen mich die schiere Größe, die Detailgenauigkeit und die Lebensechtheit der VK-Welt in Erstaunen.

Eine Amazonenkriegerin steht neben mir. »Die Höhle ist das nächste Level«, sagt sie. Sie trägt einen Lederpanzer und ein silbernes Schwert. Ein schwarzer Streifen zieht sich quer über ihre Augen. Daran erkenne ich Java.

Ich blicke an mir hinab. Mein Avatar ist ein Kickboxer: schwarze Kickboxschuhe, rote Hose, ein weißes, eng anliegendes T-Shirt über prallen Muskeln.

»Wenn alles schiefläuft, kannst du dich hinter den Wasserfall retten«, sagt eine lässige Stimme in meinem Rücken. Ich drehe mich um. Pac-Mans Avatar ist ein Cowboy – er trägt eine Wildlederjacke mit Fransen und zwei Colts am Gürtel. Sein Gesicht ist von Wind und Sonne braun gegerbt. »Dort ist eine Hintertür«, erklärt er.

Ich nicke. Im selben Moment prallt Spam gegen mich.

»Sehe überhaupt nichts mit diesem Ding!«, beschwert er sich und lässt das Visier seines Helms nach oben klappen. Sein Avatar ist ein Space Trooper; er ist mit einem Lasergewehr bewaffnet.

»Das Outfit hast du dir doch selbst ausgesucht!«, schnaubt Java verächtlich und macht sich auf den Weg zur Höhle.

»Aber nur, weil diese Rüstung am besten schützt!«, antwortet Spam und tappt schwerfällig hinter ihr her.

Pac-Man und ich folgen den beiden. Der mächtige Höhleneingang verschmälert sich zu einem Tunnel, so dunkel wie eine mondlose Nacht. Spam schaltet die Helmlampe an. Die Wände glänzen feucht wie schwarzes Blut. Je tiefer wir eindringen, desto kälter wird es.

Pac-Man zieht beide Revolver. »Aufpassen! Die Geister des Sensenmanns sind hier irgendwo.«

Als ich Pac-Mans Revolver, Spams Gewehr und Javas Schwert sehe, wünsche ich mir, auch ich hätte eine Waffe. Aber ich habe nur meine Fäuste, die ich kampfbereit recke. Nach einer Weile mündet der Tunnel in einen riesigen Höhlenraum. Es riecht entsetzlich nach Schwefel – ein Gestank wie faule Eier, der aus einem See von rot glühender Lava aufsteigt.

Plötzlich schwingen sich schwarze Geistergestalten auf uns herab. Spam feuert sofort. Seine Laserstrahlen brechen Felsbrocken aus den Wänden. Java schwingt das Schwert und hackt einen der Geister entzwei, der sich in Asche verwandelt und zu Boden rieselt. Pac-Man schießt drei weitere Geister ab. Ich ducke mich unter einer schwarzen Gestalt weg, die sich auf mich stürzen will, und versetze einem weiteren Geist einen Aufwärtshaken. Aber es ist, als würden Faust und Arm in einem Eisblock verschwinden. Ich spüre eisige Kälte, aber keinerlei Widerstand. Der Energie-Level meines Avatars beginnt zu sinken: 98% … 95 … 90 …

»Nicht berühren!«, brüllt Java mir zu. Mit einem Schwerthieb zerhackt sie den Geist an meinem Arm zu Asche.

»Wie soll ich sie denn sonst töten?«, frage ich und schüttle das kalte Taubheitsgefühl aus dem Arm.

»Gar nicht«, gibt sie zurück. »Das ist unser Job. Du kümmerst dich um *ihn*.« Mit einer Kopfbewegung deutet sie auf den See.

Ich drehe mich um. Aus dem Lavasee steigt der Sensenmann heraus. Als würde er auf der glühenden Masse gehen, schwebt er in seinem grauen Umhang auf mich zu, eine lange Sense in den Knochenhänden. Und mit unglaublicher Geschwindigkeit zischt die Sense durch die Luft. Ich schaffe es mit knappster Not, über die tödliche, messerscharfe Klinge zu springen und ihm einen Fuß in die Brust zu rammen. Aber mein Fuß stößt ins Leere; der

Umhang zerfällt zwar zu Asche, aber der Sensenmann ist nicht getroffen. Schon fährt die Sense auf meinen Nacken herab, was mich fast den Kopf kostet. Ich kicke, schlage, stoße mit aller Kraft und Geschicklichkeit, die ich besitze – aber es ist, als kämpfte ich gegen die Luft.

Inzwischen haben die anderen alle Geister ausgeschaltet und kommen mir im Kampf gegen den Sensenmann zu Hilfe. Aber auch ihre Kugeln und Laserstrahlen gehen einfach durch ihn hindurch. Als Java mit dem Schwert auf ihn einhackt, verwandelt er sich in Rauch.

»Man kann ihn nicht töten!«, brülle ich frustriert.

»Wissen wir!«, gibt Java zurück, während sie sich nach dem Sensenmann umblickt. »Deshalb hatten wir gehofft, dass ihn ein Elite-Gamer wie du besiegen kann. Aber offensichtlich kannst du das auch nicht!«

Plötzlich erscheint der Sensenmann wie aus dem Nichts direkt vor Spam. Er trägt wieder einen Umhang. Blitzschnell schneidet die Sense quer über Spams Space-Trooper-Brust. Spam stürzt zu Boden und der Sensenmann holt zum Todesstoß aus.

Ich konzentriere mich auf die Sense. Sehe, wie die Klinge durch die Luft schneidet und auf Spam niedergeht. Sehe, wie Spam in Todesangst den Mund zu einem Schrei aufreißt …

Und als ich mich voll und ganz auf jede Einzelheit des Todesstoßes konzentriere, werden die Bewegungen des

Sensenmannes langsamer. Ich stürze vor und kicke mit voller Kraft gegen den langen Sensenstiel, der unter der Wucht zersplittert. Ein schriller Schrei ertönt und der Sensenmann verschwindet. Sein Umhang fällt leer zu Boden und bleibt rauchend in einem grauen Aschehaufen liegen.

11
Roter Ninja

»Wie hast du das gemacht?«, keucht Spam, der neben dem qualmenden Aschehaufen auf dem Boden liegt. Blut sickert aus der Wunde auf seiner Brust.

»Trigger Time«, antworte ich. Das Team schaut mich verständnislos an. »Wenn man sich intensiv genug auf eine Bewegung konzentriert, kann man ihre virtuelle Zeit verlangsamen«, erkläre ich weiter. »Dein Verstand muss dann schneller sein als das Spielprogramm, wenn es die nächsten Informationen an dein Hirn schickt. Das nennt man Trigger Time. Aber sie dauert immer nur ein paar Sekunden.«

»Das erklärt deine Reaktionsschnelligkeit«, sagt Java. »Aber mit der Trigger Time hast du nur die Sense zerstört. Wie hast du den Sensenmann getötet?« Sie hilft Spam wieder auf die Füße und reicht ihm eine Medi-Packung. Sein Energie-Level steigt sofort auf 100 %.

Cookie meldet sich. Sie steht über das Kommunikationssystem ihrer Konsole ständig mit unseren Headsets in Verbindung. »Gibt nur eine Erklärung dafür: Die Sense muss die Energiequelle des Sensenmanns gewesen sein.«

Spam verdreht die Augen. »Und wir haben immer nur versucht, *ihn selbst* zu töten! Wir hätten nur seine Sense vernichten müssen!«

»Großartige Aktion, Scott!«, sagt Pac-Man und klopft mir anerkennend auf den Rücken.

Ich grinse. »Danke, Mann.«

»Kommt schon!«, befiehlt uns Java knapp. Meine Aktion hat sie offensichtlich nicht so beeindruckt wie die anderen. »Wir müssen das Portal zum nächsten Level suchen!«

Wir durchsuchen die Höhle. Nach einer Weile entdecken wir das Portal: Es befindet sich auf der anderen Seite des Lavasees – ein Loch im Boden, in dem funkelnde Lichter, Sterne und kleine Galaxien wild durcheinanderwirbeln.

Wir vier fassen uns an den Händen. Ich halte den Atem an, als wir springen …

✳✳✳

Mit einem gewaltigen Lichtblitz verschwinden wir in dem Loch – und finden uns am Rand einer kleinen Stadt im Wilden Westen wieder.

»Dieses Level wird ›Tempel der Zehn Tiger‹ genannt, sagt Pentium«, kommt Cookies Stimme aus dem Headset.

Java runzelt die Stirn. »Und wo soll er sein, dieser Tempel?«

»Kommt vielleicht erst mit dem nächsten Upgrade«, seufzt Spam.

»Wir müssen auf die Markierungspunkte achten«, sagt Pac-Man. Er passt prima in die Szenerie – in seinen Cowboy-Klamotten sieht er von Kopf bis Fuß wie ein Revolverheld aus. Auch die Stadt sieht echt aus. Langsam gehen wir die staubige Straße entlang, an der sich alte Holzhäuser reihen. Schließlich stoßen wir auf eine Kreuzung, die den Mittelpunkt der Stadt bildet. Mittendrin steht ein alter Steinbrunnen.

Cookie meldet sich erneut. »Der Brunnen ist eine Hintertür.«

»Ein Marker!«, ergänzt Spam. »Wenigstens sind wir auf dem richtigen Weg.«

»Aber in welche Richtung gehen wir jetzt?«, frage ich. Im Norden sehe ich einen Wald, im Süden einen See und im Westen eine Wüste. Und jede Richtung wirkt auf mich noch weniger einladend als die anderen.

Java zuckt die Schultern. »Such dir was aus.«

Plötzlich hören wir einen Schrei; er kommt aus der Saloon-Bar. Keine Sekunde später fliegen die halbhohen Schwingtüren auf und ein menschlicher Körper wird auf die Straße geschleudert. Er schlägt auf der staubigen Straße auf und bleibt stöhnend liegen. Drei Cowboys stiefeln aus dem Saloon und auf den Stöhnenden am Boden zu. Der Staub legt sich und ich erkenne die schwarze Kleidung und die Maske eines Ninja … und unter der Maske quellen ein paar rote Haarsträhnen heraus. Den kenne ich doch!

»Roter Ninja!«, rufe ich verblüfft. Ich war vollkommen überzeugt, dass mein Freund im VK getötet worden sei. Aber jetzt liegt er da vor mir, lebend und … na ja, im Moment lebt er noch. Einer der Cowboys zieht den Revolver und zielt auf den Ninja.

Ich renne hinüber, um Roter Ninja zu helfen, aber Java ruft mir nach: »Lass ihn! Der gehört nicht zu unserer Mission, Scott!«

Das ist mir egal. Ich kicke dem Cowboy den Revolver aus der Hand und lasse einen Faustschlag an seine Schläfe krachen. Sein Stetson fliegt ihm in hohem Bogen vom Kopf und der Cowboy stürzt wie ein gefällter Baum in den Straßenstaub. Aber die beiden anderen schlafen nicht – sie greifen nach den Revolvern. Ich schalte einen mit einem Handkantenschlag an den Hals aus und ramme dem anderen die flache Hand gegen die Nase. Dann schicke ich sie beide mit einem doppelten Flying-Kick zu Boden.

Java applaudiert langsam und spöttisch. »Bin schwer beeindruckt, Scott. Schön, du hast ihn gerettet. Aber jetzt komm endlich!«

Ich helfe Roter Ninja auf die Füße. »Alles okay, Roter Ninja?«

Er starrt mich mit misstrauisch zusammengekniffenen Augen an. Doch dann werden seine Augen groß, als er mich erkennt. »Scott?«

Ich nicke, unendlich froh, dass ihm das Spiel noch nicht das Gedächtnis ausgelöscht hat. Letztes Mal, als wir uns begegneten, hat er versucht, mich zu töten.

»Aber welchen Weg müssen wir gehen?«, fragt Spam. Er dreht sich im Kreis. »Wir haben doch keine Ahnung, wo dieser Tempel der Zehn Tiger ist!«

»Ich weiß es!«, mischt sich Roter Ninja plötzlich ein.

12
Zehn Tiger

»Das ist das Karma«, sage ich zu Java, als wir nach Norden durch ein Bambusdickicht marschieren. »Wenn ich meinen Freund hier nicht gerettet hätte, würden wir noch immer in der Gegend umherirren.«

Sie wirft mir nur einen Seitenblick zu. »Wir sind noch nicht da.«

»Wie weit ist es noch?«, frage ich Roter Ninja.

»Ach, nicht mehr weit.« Er trottet neben mir her. »Wo warst du eigentlich die ganze Zeit, Scott? Du warst plötzlich aus der Arena verschwunden.«

»Ich hab's geschafft, aus VK zu fliehen.«

Roter Ninja zieht die Augenbrauen hoch. »Wie hast du *das* gemacht?«

»Ich hab eine …«

»Bist du sicher, dass das der richtige Weg ist?«, unterbricht mich Java brüsk. Der Pfad ist inzwischen kaum noch zu sehen und der Wald wird immer dichter.

Roter Ninja nickt. »Es ist ein verborgener Tempel. Wir müssen immer dem weißen Bambus folgen.«

Tatsächlich ist unter all den grünen und gelben Bambusstämmen auch eine Reihe weißer Stämme zu sehen, die immer tiefer in den Wald führt. Wir folgen den weißen Stämmen, und bald kommen wir an einem Shintō-Schrein vorbei, dessen steinernes Tor völlig mit Moos bewachsen ist.

Cookie meldet sich über das Headset. »Der Schrein ist eine weitere Hintertür.«

»Gut zu wissen«, antwortet Pac-Man laut.

Roter Ninja, der natürlich Cookies Hinweis nicht gehört hat, wirft ihm einen seltsamen Blick zu. Dann beugt er sich ein wenig näher zu mir und flüstert: »Wo hast du denn diese irren Typen aufgelesen?«

»Wir sind …«

»Wir suchen die Krone«, schneidet mir Java das Wort ab. »Wie alle anderen auch.«

Roter Ninja grinst. »In Teamarbeit, wie?«

Unvermittelt treten wir aus dem Wald. Wir stehen vor einem großen Tempelhof. Zehn steinerne Tiger auf Podesten säumen einen Pfad, der zu einem riesigen Holzgebäude mit geschwungenem Dach führt.

»Das wird es wohl sein, denke ich«, sagt Spam.

Aufmerksam lässt Java den Blick über den leeren Tempelhof gleiten. »Gefällt mir nicht«, sagt sie misstrauisch und zieht das Schwert.

Wir schleichen auf den Tempel zu, direkt an den zehn Tigern vorbei. Ich spüre ihre Augen, die mich genau zu beobachten scheinen. *Sie sind doch nur aus Stein*, versuche ich mich zu beruhigen.

Doch dann tritt ein Avatar aus dem Tempel. Er trägt einen langen schwarzen Ledermantel und eine dunkle Sonnenbrille. Mit spitz gefeilten Zähnen grinst er mich an.

Ich schnappe unwillkürlich nach Luft. Mein Erzfeind: Shark.

»Na, endlich sehen wir uns wieder, Scott!«, knurrt er und ballt die Fäuste. Zwei Blazer zucken aus seinen Knöcheln hervor. Die Laserklingen knistern vor Energie, zwei Mods der höchsten Kategorie. Shark lässt die Klingen grell aufleuchten und bellt: »Tiger – erwacht!«

Die Steinstatuen werden lebendig und springen mit Funken sprühenden Augen und gefletschten Reißzähnen von ihren Podesten. Java wirbelt herum und erlegt einen mit einem Schwerthieb, als er sich auf sie stürzt, aber ein zweiter fällt sie von hinten an und gräbt seine scharfen Krallen in ihren Lederpanzer. Spam feuert mit seinem Lasergewehr; die Energiestrahlen sprengen drei weitere Tiger buchstäblich auseinander. Pac-Man hat der Angriff eines Tigers so überrumpelt, dass er keine Zeit mehr hatte, seine Colts zu ziehen; er ringt das Raubtier mit bloßen Händen nieder. In dem ganzen Kampfgewirr ist Roter Ninja wie vom Erdboden verschwunden.

Shark kommt mit grell leuchtenden Blazern auf mich zu. »Dieses Mal fackle ich dich ab!«

Er schlägt so schnell zu, dass ich die Klingen kaum kommen sehe. Eine Klinge trifft mich am Arm. Der Gestank von verbranntem Fleisch füllt die Luft und ich schreie auf vor Schmerzen. Mein Energie-Level sinkt schlagartig auf 80 %. Dem nächsten Angriff kann ich ausweichen und mit einem Side-Kick darauf antworten. Aber Shark lässt meinen Kick mit einer blitzschnellen Körperdrehung ins Leere gehen und blazert meinen Oberschenkel. 69 %. Ich taumle ein paar Schritte zurück und frage mich, wie er so schnell reagieren konnte.

Dann erinnere ich mich schlagartig: Auch Shark beherrscht die *Trigger Time!*

Als er ausholt, um seine Blazerklingen in meine Brust zu rammen, konzentriere ich mich so intensiv wie möglich auf seine Bewegungen. Ich zerlege sie förmlich in winzige Einzelbewegungen, bis die ganze virtuelle Welt nur noch in Zeitlupe fortschreitet. Sogar die Lichtimpulse des Blazers sind nicht mehr als verschwommene Lichtblitze, sondern als rotes Blinken zu sehen. Jetzt bin ich schneller als er, wenn auch nur für ein paar Sekunden – und schaffe es, den Angriff abzublocken und mit einem vernichtenden Punch in seine Rippen zu antworten. Ich höre die Rippen knacken …

Doch damit endet die Trigger Time auch schon und VK springt mit einem Ruck wieder auf Normalzeit zurück. Sharks rot glühende Blazerklingen stoßen auf mich zu und drängen mich zurück. Mit jedem seiner Hiebe und Stöße sinkt mein Energie-Level weiter … 60 % … 53 % … 42 % …

Ich bin fast am Ende, als Pac-Man den Tiger, mit dem er gerungen hatte, mit einem mächtigen Kraftstoß auf meinen Angreifer schleudert. Das Biest verkrallt sich in Sharks Ledermantel und zerfetzt ihn.

»Rückzug! Hintertür!«, befiehlt Pac-Man, packt mich am Kragen und schleppt mich quer über den Tempelhof.

Auch Spam wendet sich zur Flucht. Er wirft sich die verletzte Java über die Schulter und stolpert hinter uns her. Roter Ninja ist nirgends zu sehen.

Wir rasen in den Wald zurück. Die Tiger jagen zähnefletschend hinter uns her. Schon kommt der Shintō-Schrein ins Blickfeld – nur noch ein paar Meter, eine irre Flucht zwischen den Bambusstämmen hindurch. Aber die Tiger sind uns dicht auf den Fersen; als die erste Bestie sich auf uns stürzen will, werfen wir uns durch das Tor …

13
Shark

»Wer zum Teufel war das denn?«, schreit Java, als sie aus ihrem PlayPod steigt. Sie humpelt zu mir herüber; ihre virtuellen Wunden sind noch nicht abgeklungen. »Da drin wäre fast das ganze Team umgekommen!«, brüllt sie mich an.

»Krieg dich wieder ein, Java«, versucht Pac-Man sie zu beschwichtigen, während er sein Hoodie hochschiebt. »Wir haben es überlebt, ist doch die Hauptsache, oder nicht?«

Java starrt ihn wütend an. »Ich war auf 15 %! Ich hätte geröstet werden können!« Sie dreht sich wieder zu mir um. »Also: Wer war dein Kumpel mit den Blazerklingen?«

»Shark«, stöhne ich. Mühsam richte ich mich in meinem PlayPod auf. Das Schmerzecho von den Blazerwunden pocht immer noch heftig durch ein Bein und einen Arm. »Er war schon mein Feind, als wir noch auf der Straße lebten. Ist mir sogar ins VK gefolgt.«

Frustriert wirft Java die Hände in die Luft. »Scott schleppt seine Probleme in unser Team! Erst Roter Ninja, jetzt auch noch dieser Shark! Wusste ich doch, dass er ein Risiko für unsere Mission ist!«

»Roter Ninja hat uns geholfen«, wirft Spam ein.

»Wie bitte?« Java legt den Kopf schief. »Geholfen? Wo war er denn, dein Ninja, als wir gegen zehn Tiger kämpfen mussten?«

Spam zuckt die Schultern. Ich mache mir Sorgen und kann nur hoffen, dass Roter Ninja keinen Burn-out hatte.

»Ist wahrscheinlich abgehauen«, meint Pac-Man.

»Kann man ihm nicht vorwerfen«, fügt Spam hinzu.

Cookie lässt die Aufzeichnung unseres Kampfes vor dem Tempel noch einmal auf dem Konsolenmonitor ablaufen. »Scott – warum hast du Trigger Time nicht gegen Shark eingesetzt?«

»Hab ich doch. Aber er beherrscht sie auch.«

»Und offensichtlich viel besser als du«, sagt Java höhnisch. »Vielleicht hätte ich *ihn* ins Team holen sollen und nicht dich!«

»Das ist unfair!«, widerspricht Spam. »Wir sind heute weiter gekommen als in all den Wochen davor!«

»Das stimmt«, sagt auch Pac-Man. »Und das bedeutet, dass wir noch einmal reinmüssen.«

»Aber nicht heute.« Pentium rollt zu uns heran. »Ihr seid viel zu erschöpft. So würdet ihr den Burn-out riskieren oder mindestens einen Gedächtnisverlust. Ihr müsst euch jetzt erst mal eine Weile in der Realwelt erholen.«

»Soll doch Scott allein in der Realwelt abhängen!«, faucht Java wütend. »Mit diesem Shark wird er nicht fertig, und wir wollen niemanden dabeihaben, der ständig neue Gefahren anlockt!«

Damit stürmt sie aus dem Raum. Pentium folgt ihr, um sie zu beruhigen.

Spam hebt nur die Augenbrauen, sagt aber nichts. Pac-Man gibt mir einen freundschaftlichen Schlag auf die Schulter und sagt: »Mach dir wegen Java keinen Kopf, Mann. Sie zickt manchmal ein bisschen rum, wenn sie aus VK kommt. Und ich werde danach immer hungrig. Also, Leute – holen wir uns was zu kauen.«

Er und Spam gehen hinaus; ich folge ihnen zögernd. Mir ist völlig klar, dass Java recht hat. Mit Shark und seinen Blazerklingen werde ich nicht fertig – und deshalb bin ich tatsächlich ein schweres Risiko für das Team.

Ich bin schon fast zur Tür hinaus, als mir Cookie nachruft: »Scott, warte! Schau dir das hier mal an!«

Auf dem Konsolenmonitor läuft die Szene, als Shark mich mit den Blazern angreift. Ich kann den Angriff nicht mehr abwehren. »Ja, klar, er tötet mich beinahe«, seufze ich.

»Nein, das meine ich nicht! Achte mal genau auf den Augenblick, *nachdem* er dich fast tötet!«

Ich beuge mich näher an den Monitor und verfolge aufmerksam, wie Pac-Man den Tiger auf Shark schleudert und mich dann mit sich schleppt. »Hm. Ich sehe nichts. Was genau meinst du?«

Cookie lässt die Sequenz noch einmal ablaufen. »Siehst du, hier?« Sie deutet auf Shark, als der Tiger ihn angreift und ihm dabei die dunkle Sonnenbrille vom Gesicht fegt. Shark kickt den Tiger weg und tastet auf dem Boden nach der Sonnenbrille – wie ein Blinder.

Cookie grinst selbstzufrieden. »Die Sonnenbrille ist ein Mod, vielleicht hilft sie ihm, die Trigger Time zu verstärken. Aber ohne die Brille ist er so blind wie ein Grottenolm.«

14
Trittsteine

»Irgendein Zeichen, dass sich dein Freund Shark in der Nähe befindet?«, fragt Java in gehässigem Ton, als wir zwischen den Bambusstämmen hindurch in die virtuelle Welt starren. Pentium hat es tatsächlich geschafft, Java zu überreden, mich im Team zu behalten, aber sie ist keineswegs überzeugt, dass das die richtige Entscheidung war.

Ich kneife die Augen zusammen, um sie gegen die gleißend helle Sonne zu schützen. Der Tempelhof sieht so verlassen aus wie beim ersten Mal. Die Tiger sitzen alle wieder auf ihren Podesten. »Ich sehe ihn nirgends …«

Hinter uns knackt es, wir alle fahren herum und ziehen die Waffen. Ich hebe kampfbereit die Fäuste. Aus dem Wald huscht eine schmächtige Gestalt in schwarzen Klamotten und Ninja-Maske heran.

»Als Ninja nicht besonders beeindruckend«, schnaubt Java verächtlich und steckt das Schwert wieder in die Scheide.

Ich grinse. »Roter Ninja, du lebst ja noch!«

»Wohin seid ihr so plötzlich verschwunden?«, beschwert sich mein Freund.

»Das könnten wir eher dich fragen!«, gibt Pac-Man zurück.

Roter Ninja zuckt die Schultern. »Bin abgehauen – und deshalb noch am Leben und kann weiterkämpfen. Aber ich wollte euch warnen. Shark sucht überall nach euch.«

»Wo ist er jetzt?«, frage ich.

»Er durchsucht den Wald weiter östlich.«

»Gut«, nickt Java. »Dann nähern wir uns von Westen her.«

Wir halten uns in sicherem Abstand von den Tigern, umgehen den Tempelhof und schleichen uns in den Tempel. Im Innern ist es kühl; eine Tempelhalle mit hohen Deckenbalken führt zu einem Altar aus weißem Marmor. Goldene Sonnenstrahlen fallen in langen Streifen über den mit Steinplatten gepflasterten Boden. Das regelmäßige Muster kommt mir wie ein Schachbrett vor.

»Dort ist das Portal!«, sagt Spam und deutet auf einen in der Zugluft wehenden Vorhang hinter dem Altar – der Stoff schimmert so seidig wie die Flügel eines Schmetterlings.

Spam will sofort darauf zugehen, aber Java legt die Hand auf seine Brust und stoppt ihn mitten im Schritt. »Hier stimmt was nicht«, sagt sie leise. »Die Sache kommt mir viel zu leicht vor.«

»Lass mich vorausgehen«, meldet sich Pac-Man freiwillig. Vorsichtig setzt er einen Fuß auf die nächste Steinplatte und verlagert langsam sein Gewicht darauf. Nichts geschieht. Er schiebt sich zur nächsten Platte vor, wartet … und geht weiter.

»Vielleicht sind die Tiger die einzige Gefahr hier?«, meint Spam, während Pac-Man einen Schritt nach links weitergeht.

Im selben Augenblick schießt ein scharfer Dorn aus der Steinplatte und dringt in seine Fußsohle. Pac-Man schreit auf und reißt den Fuß zurück. Blut strömt aus der Wunde. Er stolpert rückwärts und lässt sich beim Tempeleingang auf den Boden sinken.

»Oder auch nicht …«, sagt Spam und verzieht das Gesicht.

Java nimmt ein Medi-Pack heraus und verbindet Pac-Mans Wunde. Trotzdem steigt sein Energie-Level nur auf 75 %.

»Wenigstens wissen wir jetzt, welche Gefahr uns droht«, sagt sie.

»Ja«, nicke ich, »nur wissen wir nicht, welche anderen Platten Trittfallen sind.«

Roter Ninja rennt aus dem Tempel und kehrt kurz darauf mit einem langen Bambusstock zurück. »Mit dem Stock kannst du die Platten testen.«

Ich grinse anerkennend. »Genialer Plan.«

Niemand meldet sich freiwillig, deshalb trete ich langsam und vorsichtig auf die Steinplatten, die Pac-Man bereits getestet hat. Mit dem Stock stoße ich kräftig auf jede

Platte, bevor ich weitergehe. Plötzlich springt ein Dorn heraus. Ich springe erschrocken zurück.

»Das war beim ersten Mal eine sichere Platte!«, sagt Spam überrascht.

»Weiß ich!« Ein weiterer Dorn fährt zwischen meinen Füßen hoch. Ich springe rückwärts, drehe mich um und renne zum Team zurück.

Aber jetzt schießen überall die Dornen aus den Platten. Es ist, als würde ich durch einen Wald aus Schwertern laufen. Ich springe, weiche aus, hüpfe seitwärts … aber auf der letzten Platte erwischt mich ein Dorn am Bein. Der letzte Sprung bringt mich in Sicherheit. Keuchend lasse ich mich neben Pac-Man auf den Boden fallen, noch lebend, aber verletzt.

Spam wühlt in seinem Rucksack nach einem Medi-Pack. Java kniet am Rand der Steinplatten nieder und betrachtet sie genau. »Die Dornen kommen anscheinend zufällig heraus.«

»Wie sollen wir dann rüberkommen?«, fragt Pac-Man.

Spam hat keine Medi-Packs mehr, deshalb lehne ich mich zurück und beiße die Zähne zusammen. Mein Blick gleitet über die Decke – und erst jetzt bemerke ich oben an der Decke eine Schrift.

Je mehr es gibt, desto weniger siehst du.
Des Rätsels Lösung wird dich führen.

15
Das Rätsel

»Ein Rätsel? Ich hasse Rätsel!«, beschwert sich Pac-Man. Ratlos starren wir zu der Schrift an der Decke hinauf.

»Ob wir sie hassen oder nicht, ist jetzt völlig egal«, erklärt Java. »Wir müssen auf jeden Fall die Lösung finden, wenn wir über die Steinplatten gehen wollen.«

»Wasser?«, überlege ich. Mein Bein schmerzt; ich presse die Hände auf die Wunde.

Java schüttelt den Kopf. »Ergibt keinen Sinn.«

»Und was ist mit Farbe?«, fragt Roter Ninja.

Java runzelt die Stirn. »Könnte sein … aber Farbe siehst du trotzdem immer.«

Spam kaut auf der Unterlippe. »Je mehr es gibt, desto weniger …« Ein Fauchen unterbricht ihn.

»Der Blutgeruch hat die Tiger aufgeweckt!«, sagt Roter Ninja und späht auf den Tempelhof hinaus. Die Steinstatuen springen von ihren Podesten und schleichen auf den Tempeleingang zu.

Java hilft Pac-Man auf die Füße. »Wir können nicht weiter, solange wir die Lösung nicht gefunden haben«, sagt sie. »Alle zurück zum Schrein!«

Roter Ninja hilft mir auf die Füße. Java führt uns aus dem Tempel und zum Wald zurück, aber die Tiger haben uns bemerkt und jagen hinter uns her. In panischer Angst fliehen wir durch das Bambusdickicht, können sie aber nicht abschütteln. Das Blut tropft aus meiner Wunde und bildet eine Spur, der die Tiger gierig folgen.

Ich hinke so schwer, dass ich schon bald hinter die anderen zurückfalle. Roter Ninja läuft langsamer, um mich zu stützen. »Wohin jetzt?«, fragt er, als wir den Schrein vor uns sehen.

»Durch … das … Tor«, keuche ich. Spam und Pac-Man springen durch das Tor und verschwinden.

Roter Ninja fragt erstaunt: »Eine Hintertür? Clever, clever.«

»Kommt schon!«, drängt Java und winkt uns, schneller zu laufen.

Aber die Tiger riechen, dass sie ihrer Beute dicht auf den Fersen sind. Wie ein angreifender Sturmtrupp brechen sie durch das Bambusdickicht. Ich stolpere weiter. Wir haben den Schrein fast erreicht, als ich plötzlich tiefer im Wald eine Bewegung sehe. Ein Mädchen … Es trägt Shorts und ein enges T-Shirt; ein Samurai-Schwert ist quer über ihren Rücken geschnallt. Ich erkenne sie sofort wieder.

»Wohin willst du? Spinnst du jetzt oder was?«, brüllt Java, als ich kurz vor dem rettenden Schrein Ninjas Hand abschüttle und vom Fluchtweg abschwenke.

»Kat-Ana!«, brülle ich. »Bist du das?«

Schwach dringt Gesang herüber und lockt mich tiefer in den Wald. Ich erhasche noch kurz einen Blick auf dunkles Haar ... dann funkelt das geschwungene Schwert kurz auf. Ich vergesse mein blutendes Bein und folge der Erscheinung. Ein dunkler Schatten huscht durch das Dickicht. Ich biege die Bambusstämme beiseite ... und stehe plötzlich einem der Steintiger gegenüber, Auge in Auge.

Er reißt das Maul weit auf, duckt sich und springt. Ich versuche, ihn abzuwehren, aber er krallt sich in meinen Körper. Mein Energie-Level sackt schlagartig ab: 73 % ... 62 % ... 51 % ...

Ich versuche panisch, die Kreatur abzuschütteln, aber sie verbeißt sich in mein Bein. 45 % ... 36 % ...

Schon greift mich ein zweiter Tiger von hinten an. Blut strömt mir über das Gesicht und nimmt mir die Sicht. 22 % ... 13 % ...

Ich nähere mich rasend schnell dem Burn-out. Doch plötzlich sehe ich eine Klinge aufblitzen und eine Mädchenstimme singt: »London Bridge is falling down, falling down, falling down ...«

16
Der Geist in der Maschine

»Was zum Teufel hast du dir dabei gedacht?«, blafft mich Java wütend an, als mein Hoodie nach oben gleitet und ich in das grelle Licht des Konsolenraums blinzle. »Du hättest beinahe einen Burn-out gehabt!«

»Ich … ich … habe Kat-Ana gesehen«, stottere ich, noch immer geschockt.

»Wen?«

Ich setze mich im PlayPod auf. Mein Körper fühlt sich an, als sei er durch einen Papierschredder geschickt worden. »Kate, meine Freundin.«

Spam runzelt die Stirn. »Hast du mir nicht erzählt, sie sei getötet worden, als sie versuchte, aus VK zu fliehen?«

»Ja … sie hatte einen Burn-out.«

»Dann hast du dir vielleicht nur eingebildet, ihren Avatar gesehen zu haben«, vermutet Spam.

Ich schüttle den Kopf. »Nein! Sie hat ihr Lied gesungen, es hilft ihr, sich zu konzentrieren … und ich hab ihr Gesicht dicht vor mir gesehen, kurz bevor ich ausgeloggt wurde.«

»Das bildest du dir nur ein! Dein Hirn ist Brei!«, faucht Java. »VK hat es wahrscheinlich überladen.«

Cookie wendet sich von ihrem Monitor zu uns um. »Dann hätte Scott es nicht mehr durch die Hintertür geschafft. Schließlich hatten ihn die beiden Tiger schon fast an der Gurgel.«

Java wirft die Hände in die Luft. »Was weiß ich? Vielleicht hat ihn dieser Ninja gerettet? Der Scheißkerl ist schon wieder verschwunden!«

»Oder diese Kat-Ana hat die beiden Tiger abgemurkst und Scott zum Schrein zurückgetragen«, wirft Pac-Man ein.

Mein Herz macht einen Hüpfer, als ich mir vorstelle, dass Kat-Ana noch am Leben sein könnte. Aber Java zerstört meine Hoffnung sofort. »Tut mir leid, Scott, aber Kat-Ana hatte einen Burn-out. Wie soll da ihr Avatar im Spiel weiterleben?«

Darauf weiß ich keine Antwort.

Doch plötzlich mischt sich Pentium ein. »Hm«, sagt er nachdenklich. »Deine Kat-Ana könnte ein Geist in der Maschine sein.«

Ich starre ihn verblüfft an. »Ein Geist … Wie meinen Sie das?«

Pentium rollt ein wenig näher. »Wenn deine Freundin in dem Moment starb, als sie noch halb im Game und halb draußen war, könnte es sein, dass sich ihr reales Bewusstsein auf ihre virtuelle Person übertragen hat … also auf ihren Avatar.«

»Das ist doch lächerlich!«, ruft Java. »Scott jagt einem Phantom nach! Dabei haben wir ganz andere Probleme! Wir müssen uns voll und ganz darauf konzentrieren, die Lösung für das Rätsel zu finden. Ich schlage vor, wir ruhen uns jetzt ein wenig aus und versuchen es morgen noch einmal.«

✳✳✳

Nach einem angespannten, schweigsamen Abendessen ziehen wir uns in den Schlafsaal zurück. Während ich eine Decke über eine Matratze werfe, frage ich Pac-Man: »Warum glaubt mir Java nicht, dass ich Kat-Ana gesehen habe?«

»Weil sie nicht will«, flüstert er zurück. »Java gibt sich die Schuld, dass ihre Schwester ums Leben gekommen ist. Sie konnte sie nicht vor dem Burn-out bewahren. Wahrscheinlich kann sie den Gedanken nicht ertragen, dass auch ihre Schwester in dem Spiel gefangen sein könnte.«

Pac-Man steigt in das obere Bett. Ich lege mich in die untere Koje, kann aber nicht einschlafen. Erinnerungen an Kate wirbeln durch meinen Kopf. Könnte sie tatsächlich noch als Kat-Ana in dem Spiel leben? Aber »leben«? Das wäre dann wohl der falsche Ausdruck. Ich weiß mit absoluter Sicherheit, dass ihre Vitaldaten auf null gefallen sind. Aber ich erinnere mich auch an das eigenartige blaue Schimmern in ihren Augen, kurz bevor sie starb …

Im Bett gegenüber murmelt Spam ständig vor sich hin: »Je mehr es gibt, desto weniger siehst du. Je mehr es gibt …«

»Halt doch endlich die Klappe und mach das Licht aus!«, stöhnt Java und zieht das Kissen über den Kopf.

Spam schien sie nicht gehört zu haben, deshalb stehe ich auf und schalte das Licht aus. Doch urplötzlich fährt Spam hoch und verkündet: »Das ist es! Ich hab die Lösung!«

17
Gladiatorenarena

Am nächsten Tag liegen wir ein weiteres Mal hinter dem Tempeleingang in Deckung. Ich beobachte die Tiger, die wieder brav auf ihren Podesten sitzen; gleichzeitig behalte ich aber auch den Wald im Auge. Eigentlich soll ich nach Shark Ausschau halten, hoffe aber, Kat-Ana zu entdecken. Da – ein Bambusgestrüpp raschelt und bewegt sich … aber es ist Roter Ninja.

Er kommt rasch zu uns herübergelaufen. »Worauf wartet ihr denn noch?«

»Sonnenuntergang«, antwortet Java unfreundlich.

Roter Ninja blickt sich im düsteren Tempel um. »Aber dann seht ihr hier drin doch gar nichts mehr!«

Spam grinst. »Genau darum geht es. ›Je mehr es gibt, desto weniger siehst du.‹ Und die Lösung ist ganz einfach *Dunkelheit*.«

Und so ist es auch: Bald nachdem die Sonne hinter dem Horizont versunken ist, wird es im Tempel so dunkel wie in einer Höhle.

»Viel Spaß, wenn ihr über die Todesfalle geht!«, lacht Roter Ninja spöttisch. Eine Zeit lang passiert nichts; schon fange ich an zu glauben, dass Spam sich mit der Lösung des Rätsels geirrt hat. Aber dann kann ich ein leichtes, grünliches Schimmern ausmachen, das von den Steinplatten ausgeht. Ein paar Platten leuchten schwach, die übrigen bleiben dunkel. *Bilden die leuchtenden Platten einen sicheren Pfad zum Portal hinüber?*

»Na, wer hätte das gedacht!«, sagt Pac-Man und grinst seinen Freund an. »Spam hat tatsächlich ein paar Gehirnzellen, die funktionieren!«

Schnell überqueren wir die Steinplatten, wobei wir nur auf die leuchtenden Platten treten. Ohne weitere Zwischenfälle erreichen wir das Portal.

»Nur noch ein Level!«, sagt Java befriedigt.

✱✱✱

Ohrenbetäubender Lärm empfängt uns, als wir aus dem Portal treten. Wir stehen mitten in einer riesigen Kampfarena. Geschockt blicke ich mich um: Tausende und Abertausende Zuschauer drängen sich auf den Rängen. Die Kampfzone in der Mitte ist blutverspritzt; Körperteile von unzähligen besiegten Kämpfern liegen überall verstreut. Und unser kleines Team wird von dreißig oder mehr römischen Gladiatoren umzingelt, alle bewaffnet mit Schwertern, Schilden und Speeren.

Cookie meldet sich über das Headset. »Das Große Tor ist das Portal zum Letzten Level!«

Wir blicken hinüber: Ein gewaltiges Holztor ragt am fernen Ende der Kampfarena in die Höhe. Im Tor sind vier Schlösser zu sehen; in einem der Schlösser steckt ein mit Diamanten besetzter Schlüssel. Ich entdecke auch die drei anderen Schlüssel – aus Gold, Silber und Bronze: Sie hängen in Abständen verteilt über der Arena.

Uns ist völlig klar: Die Gladiatoren werden nicht freundlich zuschauen, wenn wir die Schlüssel holen.

»Ich hole den goldenen«, sagt Java entschlossen und zieht das Schwert. »Pac-Man und Spam, ihr holt den silbernen. Scott und Ninja, ihr holt den bronzenen. Los geht's!«

Wir rasen in verschiedene Richtungen los. Die Gladiatoren teilen sich in drei Gruppen und stürzen sich auf uns.

Ich springe hoch und fälle den ersten ledergepanzerten Gladiator mit einem Flying-Kick mitten ins Gesicht. Aber schon holt ein zweiter mit dem Speer aus. Ich werfe mich zur Seite und ramme den Unterarm gegen den Speerschaft, der in zwei Stücke splittert. Nach einer blitzschnellen Serie von Fauststößen direkt in die Brust schießt dem Gladiator ein Blutschwall aus dem Mund; ohne einen Ton geht er zu Boden.

Roter Ninja hat keine großen Probleme, die beiden anderen Gladiatoren auszuschalten, die sich uns in den Weg stellen. Sie versuchen nur halbherzig, gegen diesen Wirbelwind von Kicks und Schwerthieben anzukämpfen.

Jetzt steht nur noch ein Gladiator zwischen uns und dem Bronze-Schlüssel. Er ist groß und trägt schwarze Lederkleidung. Für einen Moment sieht es so aus, als wolle er kampflos aufgeben – er wirft den Schild weg und lässt das Schwert fallen. Aber nachdem er auch noch den Helm abgenommen hat, springen plötzlich zwei Blazerklingen aus seinen Fäusten.

18
Ein virtueller Kuss

»Überlass Shark mir!«, rufe ich Roter Ninja zu. »Du holst den Schlüssel.«

»Nichts lieber als das«, ruft er zurück und sprintet davon.

Shark achtet nicht auf Roter Ninja, sondern stürzt sich sofort auf mich. »Du bist wie ein schlüpfriger Fisch!«, knurrt er. »Aber dieses Mal kommst du nicht mehr davon.«

Die rot glühenden Laserklingen zischen auf mich zu, so schnell, dass ich sie nur noch verschwommen sehe. Ich konzentriere mich auf die Trigger Time, verlangsame seinen Angriff gerade so weit, dass ich den Klingen ausweichen kann. Dann springe ich in die Höhe und antworte mit einem Spinning-Hook-Kick. Dabei ziele ich auf seinen Kopf. Mein Angriff erwischt ihn mitten im Schwung seiner eigenen Schläge; mein Fuß kracht mit voller Wucht gegen seinen Kiefer. Der Stoß ist so heftig, dass ihm die Sonnenbrille aus dem Gesicht geschleudert wird.

Shark taumelt zurück und zum ersten Mal sehe ich seine völlig weißen Augen. Augen, in denen nackte Panik liegt, als er den Kopf hin und her dreht, blind wie eine

Fledermaus. Mit einem mächtigen Fußtritt mitten in die Brust schicke ich ihn auf den blutgetränkten Boden.

»Bleib liegen, Shark«, befehle ich ihm. »Nicht ich bin dein Feind, sondern Vince Power.«

»Was redest du da?«, faucht er wütend.

»Wer VK spielt, stirbt«, erkläre ich ihm. »VK verursacht eine Überlastung des Hirns. Wenn dein Energie-Level auf null sinkt, bekommst du einen Burn-out.«

»Ach … wirklich?«, spottet Shark und fletscht die spitz gefeilten Zähne. »Dann spielen wir doch weiter!«

Mit einem Satz kommt er wieder auf die Füße und zieht eine neue Sonnenbrille aus der Tasche. Damit hatte ich nicht gerechnet.

Ich habe meinen Vorteil verloren und muss unter Sharks blitzschnellen, wütenden Blazerhieben immer weiter zurückweichen. Ich versuche es noch einmal mit Trigger Time, kann sie aber nur noch für ein paar Sekunden durchhalten. Sharks rot glühende Blazer werden zu einer tödlichen Gefahr, sie wirbeln so dicht vor meinen Augen vorbei, dass sie mich momentan blenden – und eine der Klingen verbrennt mir den Arm. Mein Energie-Level sinkt auf 82 %. Ein weiterer Hieb trifft mein Bein … 71 %, dann schickt mich ein brutaler Schnitt durch den Oberschenkel zu Boden … 55 %.

Shark ragt über mir auf und richtet die pulsierenden Blazer auf mich. »Zeit für deinen Burn-out, Scott!«

»Nein – Zeit für *deinen* Burn-out!«, ruft ein Gladiator in goldener Rüstung.

Und plötzlich dringt die Spitze eines Samurai-Schwerts aus Sharks Brust. Ein Blutschwall schießt aus seinem Mund; er bricht in die Knie, dann fällt er vollends um. Die Energieanzeige auf seiner Brust blinkt hell auf und erlischt.

Ich liege mit offenem Mund, sprachlos und völlig verblüfft, vor den Füßen meines Retters. Der Gladiator zieht das Schwert aus Sharks Rücken und nimmt den goldenen Helm ab. Das Gesicht eines jungen Mädchens kommt zum Vorschein, hübsch, mit dunklen Augen und einem kleinen Diamanten im Nasenflügel.

Ich schnappe nach Luft. »Kate?«, stöhne ich auf. »Bist du das wirklich?«

Das Gladiatormädchen nickt. »Jetzt bin ich nur noch Kat-Ana«, antwortet sie und streckt mir die Hand hin, um mir auf die Füße zu helfen. »Aber ich hatte versprochen, dich nicht zu vergessen, Scott.« Sie beugt sich näher und küsst mich. Als ich ihre Lippen spüre, kann ich kaum glauben, dass sie nur ein Geist in der Maschine ist. Kates Kuss fühlt sich so wunderbar, so echt an! *Lebendig!*

Kat-Ana blickt mir in die Augen und liest meine Gedanken. »Es ist nur ein virtueller Kuss«, sagt sie mit einem traurigen Lächeln.

»He, ihr Turteltäubchen!«, brüllt Java zu uns herüber. »Her mit dem Bronzeschlüssel … SCHNELL!« Sie deutet auf einen neuen Trupp Gladiatoren, der in die Kampf-arena stürmt.

Pac-Man und Spam haben den Silberschlüssel bereits erobert, Java den goldenen. Aber alle drei mussten dafür einen hohen Preis zahlen; blutig, geschlagen, von Wunden übersät haben sie sich vor dem Großen Tor versammelt. Wir laufen schnell zu ihnen hinüber. Roter Ninja gibt Spam den Bronzeschlüssel, der ihn sofort in das letzte Schlüsselloch steckt.

»Das Tor lässt sich nicht öffnen!«, schreit Pac-Man, während er verzweifelt an dem großen, schweren Eisenring zieht.

Wir ziehen alle gleichzeitig daran, aber das Tor gibt nicht einmal um einen Millimeter nach. Die Gladiatoren stürmen heran, ihre Schwerter und Speere funkeln. Sie sind uns zehnfach überlegen!

Java fragt Cookie über das Headset: »Wo ist die nächste Hintertür?«

»Auf diesem Level gibt es keine andere!«, schreit Cookie mit Panik in der Stimme.

»Dann sind wir erledigt!«, ruft Spam, lehnt sich mit dem Rücken gegen das Tor und versucht, es in die andere Richtung aufzustemmen.

Wir können uns nirgends verstecken, nirgendwohin fliehen … es wird ein Kampf bis zum bitteren Ende. Bis zu unserem Tod. Der Burn-out ist uns sicher.

»Zieh die Schlüssel heraus«, flüstert mir Kat-Ana zu.

Ich werfe ihr einen fragenden Blick zu. Das erscheint mir völlig unlogisch. Aber sie nickt aufmunternd; ich folge ihrer Anweisung und ziehe nacheinander die Schlüssel heraus.

»Bist du verrückt? Was machst du denn da?«, brüllt mich Java an.

Doch als ich den letzten Schlüssel aus dem Loch ziehe, hören wir ein lautes Klicken und Knirschen – und das Tor schwingt auf.

Grinsend drehe ich mich zu Kat-Ana um – aber sie ist verschwunden.

19
Infinity Drop

Das Letzte Level von Virtual Kombat ist eine Welt aus schwarzem, poliertem Marmor. Neonweiße Lichtstreifen ziehen sich in unregelmäßigem Muster über die Fliesen, sodass der Boden wie ein gigantischer Computerschaltkreis aussieht. Am Himmel ballen sich dunkle Sturmwolken zusammen, doch auf dem Level selbst ist es still und kalt wie in einem Grab. Wir fünf sind ganz allein. Keine anderen Avatare sind in Sicht.

»Dort ist das Terminal!« Java deutet auf eine Computerkonsole, die in der Ferne zu sehen ist und sich vom Licht bestrahlt wie eine Insel von der dunklen Umgebung abhebt. Aber zwischen uns und dem Terminal liegt eine tiefe Schlucht, ein breiter, dunkler Abgrund.

»Die Schlucht ist ein Infinity Drop«, informiert uns Cookie. »Wie ein Sturz ins Nichts. Wer hinunterstürzt, wird nie unten ankommen. Und wird nie sterben. Und nie aus dem Spiel entkommen.«

»Aber wie sollen wir auf die andere Seite kommen?«, fragt Pac-Man.

Ich spähe in den Abgrund und versuche, die Weite der

Schlucht abzuschätzen. Mindestens 20 Meter. »Ein Sprung ist unmöglich.«

Pentiums Stimme hallt uns durch die Köpfe. »In VK ist nichts unmöglich. Benutzt euren Verstand, dann könnt ihr sogar die Spielregeln manipulieren.«

Wir werfen uns unsichere Blicke zu. Niemand ist so verrückt, diesen unmöglichen Sprung zu wagen.

»Okay, Wespenjunge«, sagt Java und reicht mir ihre letzte Medi-Packung. »Du bist doch der Typ, der lebensmüde ist, oder nicht? Also – versuch du es zuerst.«

Ich starre sie in blankem Entsetzen an. »Du ... du willst, dass ich *springe?*«

Java nickt. »Klar doch. Du bist doch einer, der kein Risiko scheut, stimmt's? Wer so etwas wie Trigger Time draufhat, wird doch wohl auch einen Supermann-Sprung schaffen!«

Ich öffne schon den Mund, um ihr zu widersprechen, doch dann kommt mir der Gedanke, dass Java vielleicht recht haben könnte. Außerdem sind wir in VK bis zum Letzten Level gekommen – es gibt kein Zurück mehr. Entweder schaffen wir das ... oder wir sterben.

»Viel Glück«, wünscht mir Roter Ninja, als ich weit zurückgehe, um einen guten Anlauf zu haben.

Der Medi-Pack hat meine Wunden geheilt und mein Energie-Level wieder auf 100 % gebracht. Ich bin so stark und fit, wie ich nur sein kann. Jetzt stelle ich mir vor, wie ich durch die Luft segle, die Schlucht unter mir vorbeiziehen lasse … und über den Infinity Drop springe. Ich konzentriere mich so intensiv ich nur kann, sprinte auf die Kante zu und stoße mich ab …

Mein Sprung ist höher und weiter, als die Schwerkraft jemals zulassen würde. Unter mir gähnt das Nichts, eine kohlschwarze Finsternis. Doch vor mir sehe ich die Insel des Lichts, die förmlich auf mich zufliegt. Auf halbem Weg über den Abgrund kommt mir plötzlich in den Kopf, wie ich gesprungen bin, als die VK-Rebellion meine Fähigkeiten testete. Wie ich die gegenüberliegende Dachkante verfehlte und in meinen virtuellen Tod stürzte. Die Erinnerung sorgt dafür, dass ich die Konzentration verliere. Mein Sprungbogen verliert an Höhe; ich falle immer schneller. Und die Schlucht scheint immer breiter zu werden …

Ich schlage hart auf dem Rand der Schlucht auf. Meine Beine hängen noch über dem Infinity Drop. Verzweifelt versuche ich mich in der glatten Oberfläche der Insel festzukrallen. Aber meine Finger rutschen ab … Mit allerletzter Kraft schaffe ich es, mich weiter hochzuziehen. Und endlich – endlich! – kann ich ein Knie über die Kante schieben und bin in Sicherheit.

»Du hast es geschafft!«, brüllt Spam von der anderen Seite herüber und boxt triumphierend in die Luft.

»Ja … gerade noch«, keuche ich. Ich bleibe ein paar

Augenblicke erschöpft liegen, um wieder zu Atem zu kommen. Schließlich rapple ich mich hoch. Noch immer keuchend laufe ich zum Terminal hinüber. Cookie gibt mir Anweisungen, welche Icons ich auf dem Touchscreen aktivieren muss. Kaum habe ich auf das letzte Icon gedrückt, als ein Lichtbogen über der Schlucht zu schimmern beginnt. Das Leuchten wird immer heller, bis sich eine Lichtbrücke bildet. Die anderen jubeln und laufen schnell zu mir herüber.

»Wahnsinn! Was für ein Sprung!«, ruft Pac-Man begeistert und haut mir kräftig auf die Schulter. »Du hast …« Plötzlich verzieht er vor Schmerzen das Gesicht und fällt zu Boden. Aus seinem Rücken ragt ein Messer.

Bevor wir anderen reagieren können, wird Spam von einem Elektrowurfstern in den Hals getroffen; Funken sprühen, als er zu Boden geht. Java reißt ihr Schwert aus der Scheide – aber Roter Ninja bricht ihr mit einem brutalen Side-Kick den Arm.

»Roter Ninja!«, brülle ich entsetzt. »Was machst du da?«

Er dreht sich zu mir um und grinst fies. »Ich bin nicht Roter Ninja!« Und schon verwandelt er sich von einer kleinen, schwarz gekleideten Gestalt mit Ninja-Maske in einen großen, gut aussehenden Mann mit silbergrauer Mähne.

Meine Knie werden weich; geschockt starre ich den Mann an. »Vince Power!«, stoße ich keuchend hervor.

Vince nickt und grinst mich mit seinen perlweißen Zähnen triumphierend an. »Der Einzige und Größte.«

»Was haben Sie mit Roter Ninja gemacht?«, will ich wissen.

Vince setzt eine mitleidige Miene auf. »Ach, der … Ich fürchte, dein kleiner Ninja-Freund hatte einen Burn-out. Ist schon ein Weilchen her, aber sein Avatar schien mir ganz nützlich. Mit ihm konnte ich dich immer wieder täuschen.«

Ich kann die Wahrheit noch immer nicht begreifen. »Aber wenn Sie *wirklich* Vince sind … warum haben Sie uns dann geholfen?«

»VK ist ein Spiel, Scott«, antwortet Vince grinsend. »Ich wollte sehen, wie weit ihr kommen würdet. Um ehrlich zu sein: Ich habe nicht erwartet, dass ihr es bis zum Letzten Level schaffen würdet.« Schlagartig verschwindet das Grinsen aus seinem Gesicht. »Aber jetzt ist Schluss. Hier endet das Spiel für euch.«

20
Die rote Taste

Vince nähert sich drohend. »Habt ihr wirklich geglaubt, meine Analysten würden es nicht bemerken, wenn vier abtrünnige Gamer im Spiel herumirren? Nur eins wussten wir nicht: Wie ihr euch immer wieder in das Spiel hacken und wieder herauskommen konntet. Hintertüren – sehr clever! Aber jetzt nützen sie euch nichts mehr.«

Plötzlich sprühen blaue Funken aus seinen Augen, und seine Hände knistern vor Elektrizität. Blitze zucken aus seinen Fingerspitzen und schleudern mich zu Boden, bevor ich auch nur daran denken kann, mich zu verteidigen. Stromstöße jagen durch meinen Körper; ich zucke und winde mich und bäume mich auf, aber seine Blitze schleudern mich bis zum Rand des Infinity Drop zurück.

»Da runter dauert ziemlich lange«, sagt Vince voller Schadenfreude. »Und es gibt auch keine Hintertüren da unten!«

Ich habe ihm nichts mehr entgegenzusetzen, kann nur noch voller Entsetzen in die schwarze Tiefe hinabstarren. Doch dann stürzt sich plötzlich Java auf Vince. Der Angriff überrumpelt ihn völlig, sodass sie ihn mit ihren blitzschnellen Schwerthieben nun selbst bis zum Rand des Infinity Drop treiben kann. Doch als sie zum letzten Hieb ausholt, packt er sie und reißt sie mit sich.

»NEIN!«, brülle ich, aber es ist schon zu spät. Beide stürzen über den Rand der Schlucht.

So sehr bin ich auf die beiden konzentriert, dass ich, ohne es zu wollen, in Trigger Time falle. Ich sehe Vince langsam rückwärts über den Rand kippen. Stromblitze zucken aus einer Hand ziellos in die Luft, während er mit der anderen Hand Javas Arm umklammert. Sein Schrei klingt wie ein langgezogenes tiefes Stöhnen. Er reißt Java mit sich über die Kante. Ihr Schwert wirbelt in Zeitlupe in die Dunkelheit hinaus …

Aber Vince Powers Stromstöße treffen mich nicht mehr; endlich bekomme ich mich selbst wieder unter Kontrolle, und meine Reaktionen sind ultraschnell, hundertfach schneller als die meines Feindes. Als er Java mit sich über den Rand der Schlucht reißt, bekomme ich gerade noch ihr Fußgelenk zu fassen …

Doch dann ist die Trigger Time auch schon wieder zu Ende und VK kehrt mit einem Ruck zur Normalgeschwindigkeit zurück. Vince Powers dumpfes Stöhnen steigt zu einem langen, schrillen Todesschrei an, als sein Avatar in den Infinity Drop stürzt und in der Dunkelheit verschwindet.

Java baumelt kopfüber in der Schlucht. Ich packe noch

fester zu. Mit der übernatürlichen Kraft meines Avatars ziehe ich sie auf die Insel zurück. Keuchend und zitternd bleiben wir Seite an Seite liegen.

»Und du wirfst mir vor, ich gehe zu viel Risiken ein?«, stoße ich schließlich keuchend hervor.

Sie lacht, trotz der Schmerzen, die sie haben muss. »Du kannst ja nicht den ganzen Ruhm einstreichen, Wespenjunge.«

Spam setzt sich benommen auf und zieht den Elektrowurfstern aus dem Hals. »Wa... wa... was ist passiert?«

Ich stütze mich auf die Ellbogen. »Mach dir keinen Kopf«, antworte ich grinsend. »Vince Power hat kurz Hallo gesagt, aber er musste gleich wieder weg.«

Pac-Man stöhnt. Blut quillt aus seiner Stichwunde, aber er lebt. Java verbindet seine Wunde und versorgt ihren gebrochenen Arm, während ich zu dem Terminal hinübergehe – nur ein einfacher Touchscreen. »Was muss ich eingeben, Cookie?«

»Ich streame deinem Avatar den Viruscode«, antwortet Cookie.

Meine Finger fliegen über den Touchscreen, als ich den komplizierten Code eintippe. Schließlich leuchtet auf dem Monitor ein rotes Icon auf.

»Das ist die Ausführtaste«, erklärt Cookie. »Sobald du das rote Icon berührst, wird VK abstürzen. Ihr müsst dann aber superschnell durch eine Hintertür verschwinden.«

Ich drehe mich zu den anderen um. Java hat Pac-Mans Arm um die Schulter gelegt und hilft ihm über die Lichtbrücke. Spam taumelt hinter ihnen her. Als sie vor dem weißen Portal zum vorigen Level ankommen, nickt mir Java zu. Mein Finger schwebt dicht über dem roten Icon, mit dem ich Virtual Kombat den letzten Befehl eingeben kann. Ich zögere.

»Worauf wartest du noch?«, ruft Java herüber.

In diesem Augenblick liegt das Schicksal von Virtual Kombat in meinen Händen. Ich habe die Kontrolle. Das ist die Macht, um die wir so hart und lange gekämpft haben. Und trotzdem kann ich mich nicht dazu überwinden, das Spiel endgültig zu vernichten. Wenn ich VK abstürzen lasse, bedeutet das auch das Ende für …

Kat-Ana erscheint neben mir, wie aus dem Nichts. »Tu es«, sagt sie leise.

Ich schaue sie an; Tränen steigen mir in die Augen. »Aber dann stirbst du.«

»Ich bin schon gestorben«, antwortet sie traurig. Sie legt mir die Hand auf das Herz und schaut mir tief in die Augen. »Aber hier drin lebe ich weiter.«

Sie legt die Hand auf meine. Gemeinsam drücken wir auf das rote Icon.

21
Die Hintertür

Ein gewaltiger Donner rollt durch die Wolken und die Neonleuchten explodieren wie Feuerwerkskörper. Der kohlschwarze Marmorboden kracht und splittert. Ein Erdbeben erschüttert das Letzte Level bis in die Grundfesten.

Ich rase über die Lichtbrücke zum Portal hinüber. Die anderen haben auf mich gewartet, doch kaum bin ich über die Brücke, stürzen sie sich durch das Portal. Ich werfe einen Blick zurück – auch die Lichtbrücke verglüht in einem Funkenregen. Kat-Ana steht, wie von einem Lichtschein umgeben, auf der Insel. Noch ein letztes Mal schauen wir uns an – dann springe ich durch das Portal.

Auch die Gladiatorenarena stürzt ein. Die gesamte Arena – Kampfplatz, Zuschauertribünen, alles – bricht zusammen wie ein Kartenhaus. In Massen stürzen die virtuellen Zuschauer in die Vergessenheit. Große Spalten reißen auf und verschlucken die Gladiatoren.

»Beeilt euch! Wir müssen zur Hintertür zum Level davor!«, drängt uns Java.

Am anderen Ende der Arena schimmert das Portal, das zum Tempel führt. Wir rennen durch das Chaos, springen über Spalten und Löcher und müssen immer wieder Kriegern ausweichen, die sich uns in den Weg werfen. Pac-Man stolpert und stürzt, geschwächt durch den enormen Blutverlust. Java stützt ihn auf der einen Seite, ich lege mir seinen anderen Arm um die Schultern; gemeinsam schleppen wir ihn mit uns. Aber plötzlich springt uns ein Gladiator in den Weg und schwingt die Streitaxt.

»Sorry – keine Zeit für deine Späßchen«, sagt Spam und bläst den Gladiator mit einem Laserstrahl aus dem Weg.

Wir erreichen das Portal und hechten in den Tempel der Zehn Tiger zurück. Hier hat die Morgendämmerung begonnen; blutrot steigt die Sonne über dem Horizont empor. Die ersten Strahlen fallen in den Tempel.

»Beeilt euch!«, ruft Spam drängend. Das Leuchten der Fliesen, die den Weg über den Steinboden markieren, ist kaum noch zu sehen.

Wir folgen dem sicheren Pfad, aber bevor wir die Steinplatten vollends überquert haben, treffen die ersten Sonnenstrahlen auf den Boden. Nun schießen die Dornen aus den Fliesen und wir werfen uns über die letzten Platten und rollen uns ab. Wir schaffen es, aber nur mit knappster Not.

Kaum sind wir durch das Tor, als der Tempel hinter uns erbebt. Deckenbalken splittern, Trümmerbrocken lösen sich aus der Decke, und Dachziegel prasseln auf uns herab, als wir wieder mühsam auf die Füße kommen.

Cookie schreit schrill durch unsere Headsets: »VK zerfällt schneller, als wir erwartet haben … Risiko, dass wir … drahtlose Verbindung verlieren … Raus, so schnell ihr könnt …«

Ihre Stimme bricht ab, es kommt nur noch statisches Knistern aus den Headsets. Wir rasen auf den Shintō-Schrein zu, aber der gesamte Tempelhof wölbt sich und wogt auf und ab wie Sturmwellen im Meer. Das Virus verbreitet sich immer schneller. Die Steintiger zerfallen zu virtuellem Staub. Der Wald vor uns flammt kurz auf, die Bambusstämme verwandeln sich in Stacheldraht, dann in riesige scharfe Grashalme, dann wieder in ein Bambusdickicht. Wir kämpfen uns durch den tödlichen Wald, der sich ständig verändert. Spitze Stacheln zerkratzen uns die Haut, scharfe Grashalme schneiden uns in die Beine, Bambusstämme versperren uns den Weg.

Doch wie durch ein Wunder schaffen wir es, lebendig zum Schrein zu gelangen. Wir stürzen uns durch das Tor … doch dieses Mal landen wir nur auf den Steinplatten dahinter.

»Warum funktioniert die Hintertür nicht mehr?«, schreit Spam mit schriller Stimme.

Mir sackt der Magen schier in die Kniekehlen, als mir klar wird, was geschehen sein muss. »Das war bestimmt Vince Power – er muss die Hintertür deaktiviert haben!«

»Was ist mit dem Brunnen?«, fragt Java nervös. »Da war

Roter Ninja noch nicht bei uns, deshalb kann Vince nicht wissen, dass der Brunnen eine Hintertür ist.«

Wir stürmen aus dem Wald heraus und laufen in die Richtung, in der wir die Wildweststadt vermuten. Inzwischen hat das Virus die Landschaft völlig verändert. Hinter uns zerbröselt die virtuelle Welt buchstäblich zu Staub. Es ist, als schnappe sie gierig nach unseren Füßen.

Der Brunnen auf der Kreuzung mitten in der Wildweststadt ist noch vorhanden. Aber das Virus hat auch hier schon seine Zerstörung angerichtet und die Steine der Brunnenumrandung in einen massiven Granitblock verwandelt.

»Und was jetzt?«, ruft Spam. »Wir sitzen in der Falle!«

»Nein!«, stoße ich keuchend hervor. »Zum Wasserfall! Er ist unsere letzte Hoffnung!«

22
Neustart

Aus dem Innern des Bergs, in dem wir gegen den Sensenmann gekämpft haben, ist ein tiefes Rumpeln wie vor einem Vulkanausbruch zu hören oder wie von einem Riesen, der aus langem Schlaf erwacht. Die Höhle bebt, der Lavasee brodelt über die Ränder, ergießt sich in glühenden Strömen geschmolzenen Gesteins, die uns wie gierige Finger verfolgen, als wir durch den Tunnel taumeln und stolpern. Pac-Mans Energie-Level ist kritisch – nur noch 9 % – und er kann sich kaum noch auf den Beinen halten, sodass wir ihn fast tragen müssen. Wir stürmen aus der Höhle ins Freie. Der Wasserfall rauscht noch immer vom Berg herab, aber als wir näher kommen, merken wir, dass er nicht mehr so stark donnert wie zuvor und zusehends schwächer wird.

»Schneller! Schneller!«, brüllt Java. Wir rennen auf den Wasserfall zu, es ist ein Rennen um unser Leben, aber der Wasserfall ist bereits kein Fall mehr, sondern nur noch ein dünnes Rinnsal, das immer schwächer wird … jetzt fließt es nur noch spärlich … wird zu einem feinen Sprühregen …

Spam springt zuerst hindurch, gefolgt von Pac-Man, dann kommt Java. Ich springe, als die letzten Tropfen herabfallen …

✷✷✷

»Hat er es geschafft?«

»Weiß nicht. Die Drahtlosverbindung der Konsole ist in der letzten Sekunde abgerissen.«

»Aber er atmet doch!«

»Das nützt ihm nicht viel, wenn sein Verstand nicht mehr funktioniert.«

Die Stimmen klingen schwach und undeutlich, wie aus weiter Ferne. Ströme von Ziffern – 0 und 1 – wirbeln vor meinen Augen vorbei. Dann, urplötzlich, blitzt es grell auf und ich sehe die Umgebung klar und deutlich, als hätte jemand mein Netzkabel in den Stecker geschoben. Cookies dunkles Gesicht schwebt dicht über mir.

Sie strahlt mich an. »Hi, Kumpel. Willkommen zurück in der realen Welt, Scotty.«

Java und Spam helfen mir, aus dem PlayPod zu steigen. Meine Knie zittern und sind weich wie Butter, meine Muskeln steif, jede Sehne schmerzt. Und in meinem Kopf herrscht ein einziges Chaos. Aber dann sehe ich Pac-Man – auch er hat es überlebt und sich offenbar schon erholt, denn er zeigt mir den hochgereckten Daumen, während er in einen Energieriegel beißt.

»Ich gratuliere euch allen«, sagt Pentium. »Virtual Kombat ist jetzt offline. Und zwar für immer.«

Spam und ich klatschen uns ab. Ich muss grinsen: Wir haben es geschafft! Wir haben es *tatsächlich* geschafft! Doch dann kommt mir ein anderer Gedanke und meine Freude verfliegt. »Aber was ist mit all den anderen Spielern? Sind sie alle tot?«

Cookie reicht mir ein Energiegetränk. Sie schüttelt den Kopf. »Nein. Sie sind vielleicht ein wenig verwirrt oder desorientiert, aber die Sicherungsfunktion war bis zum Schluss aktiv und hat die Spieler rechtzeitig vom Spiel abgekoppelt. Aber in deinem Fall haben wir eine eigene Drahtlosverbindung ins Spiel gehackt. Wenn die gerissen wäre, wärst du nicht mehr herausgekommen.«

»Eine Millisekunde länger und du wärst hirntot gewesen!«, lacht Spam.

»Hätte keinen großen Unterschied gemacht«, meint Java grinsend und wirft mir einen Energieriegel zu.

Ich muss lachen. »Das merke ich mir, Java. Und wenn du nächstes Mal über dem Infinity Drop baumelst, werde ich einfach loslassen und dir nachwinken.« Ich trinke einen Schluck und beiße in den Riegel. Er schmeckt köstlich, und schon geht es mir wieder ein bisschen besser. »Aber was ist aus Vince geworden?«

Pentium seufzt. »Niemand kann einen Sturz in den Infinity Drop überleben. Außerdem war er noch mitten im

Fall, als das Virus zuschlug. Entweder ist er tot oder sein Verstand wurde von seinem Körper getrennt, und das würde bedeuten, dass er so gut wie tot ist.«

»Dann ist es also endgültig vorbei?«

Pentium nickt. »Ja. Von jetzt an sind die Menschen nicht mehr die Sklaven von VK.«

Unendliche Erleichterung und Freude erfüllen mich. Virtual Kombat ist endgültig zerstört! Die Elitespieler sind wieder frei! Kate ist nicht umsonst gestorben. Vince Power ist tot. Und doch mischt sich Bitternis in meine Freude – auch Kat-Ana gibt es nicht mehr.

»Was passiert jetzt?«, frage ich Pentium.

»Das Leben geht weiter, auch ohne VK. Nach diesem Absturz bekommt die Welt die Chance zu einem Neustart«, antwortet er lächelnd. Sein Blick gleitet von mir zu den anderen und wieder zu mir zurück. »Aber die Frage ist – was wollt ihr mit eurem Leben anfangen?«

23
Log-off

Mein Bruder Pentium hat sich getäuscht.

Ich habe den Sturz überlebt.

Und jetzt will ich Rache.

Von nun an wird Virtual Kombat in der *realen* Welt gespielt.

Scott ist mein Ziel.

Wenn du dies liest, sei gewarnt …

DAS IST KEIN SPIEL MEHR!